前世不良の悪役令嬢、乙女ゲームをぶち壊す。

群青みどり

イラスト／わいあっと

Contents

ダリア・アグネス
元レディース総長・香織の転生した姿。乙女ゲーム『愛に咲く一輪の花』通称〝アイハナ〟では、悲劇の悪役令嬢と呼ばれていた。
ヘデラ・グラディー
第一皇子。変装した姿で瀕死状態で倒れていたところをダリアに助けられる。アイハナでは人気No.1の攻略対象キャラ。

Character 人物紹介

シラン・マーデル

皇室騎士団団長の息子でマーデル公爵家次男。クール系攻略対象キャラ。

ローズ・マーデル

公爵令嬢。アイハナに登場するもう一人の悪役令嬢。シランの姉で重度のブラコン。

アジュガ

幼少期から仕えるヘデラの側近。ヘデラに絶対の忠誠を誓う攻略対象キャラ。

第一章

誰《だれ》もが目を引くような金色の長い髪《かみ》が風で靡《なび》き、露《あら》わになった耳にいくつものピアスをつけた少女は、目の前の状況《じょうきょう》に言葉を失っていた。

「なんでだよ……」

彼女の名は香織《かおり》。地元では有名なレディースの総長という肩書《かたが》きを持ち、その勢力を拡大している最中に事件は起きた。

不定期で行われている集会の場に、香織のレディースチーム同様地元で名を馳《は》せている暴走族が奇襲《きしゅう》をかけてきたのだ。

もともと香織のチームともいがみ合ってはいたが、性別の違《ちが》いもあってかこれまで直接衝突《しょうとつ》したことはなかった。それにもかかわらず、最悪な形でぶつかることになってしまった。

計画的に作戦が立てられたのだろう、香織の仲間たちは隙《すき》を突《つ》かれ、混乱に陥《おちい》っていた。

「こいつら、卑怯《ひきょう》な真似《まね》を！」

「総長！　ここは一旦《いったん》引いた方が……」

このままでは相手の勢いに圧《お》されて負けるのでは……と危惧《きぐ》した仲間が香織に声をかけようとしたが、それはバイクのエンジン音によってかき消された。

その正体は、奇襲を仕《し》掛《か》けてきた族の総長だった。

「おい！　こんなことしてタダで済むと思ってんのか⁉」

バイクから降りてきた男の姿を確認《かくにん》するなり、香織はすぐに噛《か》みついた。不意を突かれた上に、相手は男の集団。勝敗は目に見えていた。

「仕方ないだろ？　可愛《かわい》い彼女の頼《たの》みなんだ」

「彼女……？」

すると、男の後ろに乗っていた少女が姿を見せ、香織に動揺《どうよう》が走った。

「なんで……もしかして裏切ったのか？」

この少女は、香織の右腕《みぎうで》としてチームに貢献《こうけん》していた副総長だった。いつもチームのことを考え、香織と共に支えてくれた大事な仲間。しかし香織の気づかないうちに彼女はチームを裏切り、敵に情報を流していたのだ。

「香織、今の気分はどう？」

少女は嬉《うれ》しそうに笑いながら、男と腕《うで》を組んだ。

「私は今すごく気分がいいの。だってあんたの絶望的な顔を拝めたんだから」

「正気か？　今まで一緒《いっしょ》にチームを大きくしてきただろ⁉」

「もう私にチームなんて必要ない！　香織が彼と一緒にいるのを見て決めたの……絶対に香織と彼のチームを潰《つぶ》してやるんだって」

「何言って……」

「今日で香織のチームは終わり。早く負けてくれない？　これはまだ始まりに過ぎないんだから」

少女はなぜか苦しそうに目に涙《なみだ》を浮《う》かべながらも、ふっと微笑《ほほえ》んだ。無理して笑っているようにも見えたが、香織が声をかける前に彼女は背を向けた。男が叫《さけ》ぶ。

「お前ら、とっとと片《かた》を付けろよ！」

「待っ……」

香織は少女を引き留めようとしたが、それを阻《はば》むように敵の誰かが鉄パイプで香織の後頭部を殴《なぐ》った。不意を突かれて香織はその場に倒《たお》れ込む。

「うっ……」

「総長！」

殴られた部分は熱く、何かがドクドクと流れていく感覚がした。

仲間が香織に向かって叫ぶが、その声が段々と遠くなる。

（なんでだよ……なんで）

もう香織に起き上がる気力などなく、ただ仲間たちの叫ぶ声を最後に……彼女の意識はそこで途絶《とだ》えた。


「……はっ、はあ……！」

（息苦しい、頭がいてえ……なんか全身もズキズキする）

ベッドに横たわる香織は意識を取《と》り戻《もど》したが、息をするのに必死だった。

（どういう状況なんだ？　確かウチは……）

「……いっ⁉」

最後の記憶《きおく》を辿《たど》ろうとしたが、頭が割れそうなほどの痛みが襲《おそ》い、香織は何も考えられなくなる。見慣れない天井《てんじょう》を視界に入れながら、ただ容体が落ち着くのを待った。

（どこだここ……）

頭の痛みが引いてくると、次第《しだい》に自分がいる部屋に不信感《ふしんかん》を抱《いだ》き始める。

西洋風な内装をしているものの、生活感のない部屋に見覚えがなく、手掛《てが》かりを探そうと上体を起こした。

再び体中に痛みが走り、ふと手首に視線を落とすと、なぜか包帯が巻かれており、血が滲《にじ》んでいた。

「なんだよこれ……」

ふくらはぎにも包帯が巻かれていることに気づき、何が起こったのかと戸惑《とまど》う一方だ。

（つーかウチ、こんなに手足が細くて色白だったか？　なんかすげえ体に違和感《いわかん》が……）

香織は周りを見回し、少ない家具の横に姿見があるのを見つけ、ベッドから下りようとした。が、突然《とつぜん》ノックもなく部屋の扉《とびら》が開く。

「あら、やっと目を覚まされたのですね」

現れたのはテレビや漫画《まんが》でしか見たことがないようなメイド服を着た女性で、香織は面食らって言葉を失う。

女性は香織に冷ややかな視線を向け、手に持っていた包帯や塗《ぬ》り薬《ぐすり》をテーブルに置いた。

「でしたらもうご自分で手当てできますよね、ダリアお嬢様《じょうさま》」

「……は？」

女性はそう言って部屋から出ようとしたが、香織は慌《あわ》てて呼び止めた。

「待て！」

「まだ何か？　それよりご令嬢《れいじょう》が声を張り上げるなんてはしたないですよ」

面倒《めんどう》くさそうな顔で注意されたが、香織はそれどころではなかった。

香織のことをダリアお嬢様と呼び、令嬢だと言われたことに頭が追い付かない。その間にメイド服の女性は部屋を出ていってしまった。

(何がどうなって……そうだ、鏡！)

香織は今の姿を確認しようと、全身の痛みに堪《た》えながら姿見の前に立った。

そこに映っていたのは、銀色の長い髪にルビーのように輝《かがや》く瞳《ひとみ》をした可憐《かれん》な少女の姿。

「誰だよこいつ⁉　この鏡壊《こわ》れてんのか？」

鏡に右手を添《そ》え、左手は頰《ほお》に当てる。だが何度確認しても、現実とかけ離《はな》れた姿が変わることはない。

(つーかこの容姿、どっかで見覚えが……それにダリアっつー名前も)

「──ああっ！」

しばらく考えた末、ようやく思い出す。

鏡に映る少女の正体……それはダリア・アグネス。喧嘩《けんか》に明け暮れていた香織が密《ひそ》かにプレイしてハマっていた恋愛《れんあい》シミュレーションゲーム『愛に咲《さ》く一輪の花』──通称《つうしょう》〝アイハナ〟として世の女性たちに親しまれていたゲームの登場人物のひとりである。

「うっ……！」

自分がダリアになっているとわかった瞬間《しゅんかん》、頭痛が襲い、香織の中に誰かの記憶が流れ込んできた。

それはダリアの記憶。記憶の中のダリアは、いつも孤独《こどく》だった。

ダリアが産まれてすぐに母親は亡《な》くなり、後妻としてやってきた継母《ままはは》に罵倒《ばとう》されて生きる日々。不遇《ふぐう》な日常は徐々《じょじょ》に悪化していき、食事を抜《ぬ》かれたり、叩《たた》かれたり鞭《むち》で打たれることもあった。

血の繋《つな》がった父親は見て見ぬふりをして助けてくれず、放置され続け、味方もおらず、今では継母に留まらず異母妹《いぼまい》や一部の使用人からも虐《いじ》められていた。

今のダリアの怪我《けが》も、異母妹の宝石を盗《ぬす》んだと濡《ぬ》れ衣《ぎぬ》を着せられ、もう盗みを働かないようにと罰《ばつ》で鞭打ちにされて負ったものだった。

(思い出した……じゃあウチ、あの悲劇の悪役令嬢と評されたダリアに転生したってことか⁉)

家族の愛に飢《う》え、愛を求めるあまり周囲が見えなくなり、悪役令嬢として攻略《こうりゃく》対象者とヒロインの前に立《た》ち塞《ふさ》がるようになる。彼女の登場する攻略対象者のルートはふたつ。

ひとつ目のルートでは、ヒロインたちと和解するまでは良かったものの、小さい頃《ころ》から愛を求め続けた父親の指示によって殺されてしまう。

ふたつ目のルートでは、暴走してヒロインを殺そうとし、逆に攻略対象者に殺されてしまうという、バッドエンド。

そのどちらのルートでもダリアは死ぬ間際《まぎわ》に涙を流し、『誰でもいいから愛してほしかった』と、プレイヤーを泣かせる言葉を口にして息を引き取る。

そのためユーザーからは同情の声が相次ぎ、いつしか『悲劇の悪役令嬢』という異名をつけられたのだった。

(幼い頃から虐められた上に悪役令嬢にされて死ぬ運命なんておかしいだろ！)

アイハナにドハマりしていた香織ですら、ダリアのラストには不満を覚えた。いくらヒロインと攻略対象者の愛を深めるスパイスとはいえ、何も殺すことはないだろうと。

「こうなったらやってやるよ」

香織は決心して顔を上げる。鏡には凛々《りり》しい表情のダリアの姿があった。

(ダリア、もう安心していいからな。乙女《おとめ》ゲームなんてもんはウチがぶち壊して、ぜってえ幸せにしてやるから！)

何もゲームに限った話ではない。この世界に生まれついてから辛《つら》い思いをして今日まで生きてきた分、彼女は幸せになるべきなのだ。

転生した事実を受け入れて少し冷静になった香織は、元いた場所へと移動する。ベッドの上で胡坐《あぐら》をかきながら、腕を組んで今の状況を整理した。

(そういや前世のウチって死んだんだよな……？)

前世の香織は、売られた喧嘩は必ず買い、その度《たび》に勝利を収めてチームを大きくしていた。多くの不良少女たちから慕《した》われ、まさに憧《あこが》れの的だったのだ。

しかし香織は命を落としてしまう。その理由は……。

「なんで死んだんだっけ？」

香織は死んだ時の記憶がどうしても思い出せず、歯がゆい気持ちになる。手掛かりひとつ脳裏《のうり》に浮かばず、早々に考えることを放棄《ほうき》した。難しいことを考えるのが苦手なのだ。

全身の痛みやら頭痛やらで力尽《ちからつ》きてベッドに横たわりながら、今度はダリアの記憶を辿ってみる。

（クソ継母と異母妹《いもうと》に虐められるわ、クソ親父《おやじ》からは無視されるわ……ダリアが何したっていうんだよ腹立つ）

後妻である現侯爵夫人《こうしゃくふじん》は、前妻の娘《むすめ》であるダリアがとにかく気に食わず、難癖《なんくせ》をつけてはダリアを苦しめた。父親もそれを知っていながら黙認《もくにん》し、ダリアに対していつも無関心だった。

（ダリア、よく耐《た》えてたなあ……）

幼少期からずっと孤独だったダリアは、自分が悪い子だから周りに嫌《きら》われているのだと思い込み、良い子にしていればいつか家族が自分を愛してくれると信じていた。前世の記憶を思い出したおかげで、ダリアが家族から愛される日は一生来ないと理解したわけだが、もし思い出さなければ、この先もずっと虐《しいた》げられながら愛を求め続けていたかもしれない。

「これからどうするか」

ゲーム展開を壊してダリアを幸せにすると意気込んだはいいものの、具体的な策が浮かばずに頭を悩《なや》ませる。

ダリアが破滅《はめつ》の道に進むきっかけのひとつは、攻略対象者のひとり、第一皇子の婚約者《こんやくしゃ》候補に選ばれることだ。その名もヘデラ・グラディー。

ダリアはヘデラの婚約者の座を狙《ねら》って奮闘《ふんとう》し、ヒロインを何度も陥《おとしい》れようと画策する。

そうして最終的には殺されてしまうので、最も手っ取り早いのは第一皇子の婚約者候補から外れることだろう。

(皇子の婚約者ってことは、そもそも位の高い貴族の令嬢じゃねぇと無理だよな……)

おそらく伯爵《はくしゃくい》位以上の身分であることが大前提だ。

(じゃあこの家から、ウチが逃げ出《にだ》せばいいのか!)

アグネス侯爵家には、異母妹のノンアゼリアもいる。ダリアがいなくなったとて困らないだろう。

(ただ、逃げ出したとしても、その後はどうするか……)

今の暮らしはダリアにとって息が詰《つ》まりそうで、捨てることに一切《いっさい》の未練はない。すぐにでも逃げ出したいところだが、闇雲《やみくも》に飛び出したところで知らない世界で路頭に迷うのがオチだ。ダリアはこの世界での生き方について真剣《しんけん》に考える。

今の自分が何をしたいのか。そう考え、ふと前世を思い出した。

レディースの総長時代、香織の夢は暴走族にも勝《まさ》る強いチームを作ることだった。女というだけで男から見下されることが許せず、絶対に彼らより強くなると心に決めていた。

それなのに志半ばで命を落とし、不完全燃焼《ふかんぜんねんしょう》状態といえる。

（前世の夢、今世で叶《かな》えられねぇかな……）

何か方法はないかと考えていると、今度はダリアの記憶が脳裏を過《よぎ》った。

『女子が騎士《きし》に興味を持つなど、恥《はじ》を知りなさい』

幼い頃、初めてアグネス侯爵家の騎士団を目にした時、一生懸命《いっしょうけんめい》訓練に励《はげ》む騎士の姿に圧倒《あっとう》されつつ、羨望《せんぼう》の眼差《まなざ》しで彼らを見ていた。だがその様子を見かねた継母にそう言われ、こっぴどく叱《しか》られたのだ。

この国の皇帝《こうてい》や臣下、家の当主や騎士に至るまで、皆《みな》トップに立つのは男性ばかり。この世界は、男性社会であることを後から知った。女性は控《ひか》えめであれ、高潔であれ、常に男性の一歩後ろを歩き、目立たずに支えろ。貴族の女性といえば、刺繍《ししゅう》や音楽をたしなみ、ダンスを学び、お茶会やパーティーなど社交の場でお互《たが》いの自慢話《じまんばなし》ばかりする、何ひとつ面白《おもしろ》みのない生活。

香織にとってどう考えても生きづらい世の中だった。前世では自由にバイクを走らせたり、喧嘩をしたりと常に体を動かしていた香織に、この国の女性らしい生き方は性《しょう》に合《あ》わない。

「そうだ、ウチが騎士になればいいんだ！」

女性が騎士になる前例がないのなら、自分がその前例になればいい。

そうすれば男性しか騎士になれないという凝《こ》り固《かた》まった概念《がいねん》を変えられる。男尊女卑《だんそんじょひ》の思考が強いこの国で、女性にも職業選択《せんたく》の自由がある、と希望を与《あた》えられる。そしてダリアは男たちを押しのけ、男性社会を変えるのだ。

（この世界で、ウチは騎士としてトップを目指す！）

目標が定まれば、次は騎士団に入る方法だ。この国の騎士団は、大きくふたつに分かれている。

貴族の家門ごとに作られた騎士団と、国に仕える皇室騎士団だ。皇室騎士団に入団することは大変名誉《めいよ》なことで、家門の騎士団の中から優秀《ゆうしゅう》な者に入団試験を受けさせ、家の名声をあげようとする貴族も多い。

皇室騎士団は実力重視のため、平民から上位貴族まで誰でも入団試験を受けられる。賄賂《わいろ》で入団させることができない公平性もあり、民《たみ》からは絶大な信頼《しんらい》を受けていた。

確実な方法を取るならまずは家門の騎士団に入る……つまりアグネス侯爵家の騎士団に入って実力をつけてから、皇室騎士団の試験を受けるのが早い。

しかしあの継母が許すはずがない。

(こうなったら独学で鍛《きた》えて直接皇室騎士団の試験に挑《いど》むしかねぇな)

このことは家族を含《ふく》め、家にいる全員にバレてはならない。

使用人たちのほとんどが継母や父親の息がかかっているため、いつ何時告げ口されるかわからないからだ。なんとか試験を受けられたとしても、女というだけで注目の的なのだ。万が一試験に落ちたりすれば、その後のアグネス侯爵家がどう動くかは目に見えている。

つまり、受けるからには一発合格が絶対条件。

(そうと決まりゃ、力をつけてえところだが……まずはこの怪我を治さねえと)

鞭で打たれたダリアの体がジンジンと痛む。よく喧嘩で怪我をしていた香織ですらも顔を歪《ゆが》めるほどの痛みで、とてもじゃないがすぐに動けそうにはない。

「あっ、確か自分で手当てしろって言われたな」

慣れた手つきで包帯を外し、手当てをする。鞭で打たれた箇所《かしょ》は新たな血が滲んでいて、かなり深い傷だった。

仮に傷痕《きずあと》が残れば、令嬢としては傷物とみなされてもおかしくないのに、継母は無情にも鞭打ちを侍女《じじょ》に命じた。恐怖《きょうふ》でダリアを支配していたのだと思うと苛立《いらだ》ちを覚える。

継母は香織の最も嫌いなタイプだ。力で弱者を押さえつける者というのは、どこの世界にもいるものだ。前世でも、気に入らないから、という理由で暴力で従わせたり、襲ったり……そういうあくどい行為《こうい》を毛嫌《けぎら》いしてきた香織にとって、継母はその最たる存在だ。

真の不良は強者に挑み、より上を目指してこそ輝くものというのが香織の持論である。その強さに貪欲《どんよく》な姿も、また香織のカリスマ性を高めていた。

「今に見てろよ……」

この借りは必ず返してやると心に決めた時、今度はきちんと扉がノックされた。しかし、ダリアが返事をする前に扉が開く。

（いや、まだ返事してねえって！）

ノックの意味を考えろと心の中で突っ込むダリアの前にやってきたのは、異母妹のノンアゼリアだった。

「お義姉様《ねえさま》、お加減はいかがですか？」

ノンアゼリアはにこっと可愛らしく微笑んでいて、心配している素振《そぶ》りは一切ない。彼女は物心ついた頃からダリアを虐めてもいい対象として見下し続け、時には手を出すこともあった。今もダリアの反応をうかがい、怯《おび》える姿を期待しているようだ。

「心配してくれたんだ……のね。ウチ……じゃなくて私は大丈夫《だいじょうぶ》。ほら」

前世の口調が出てしまわないように、ダリアらしい話し方を意識する。にこっと微笑んで怪我の箇所をわざとらしく見せつけた。

とても大丈夫とは言い難《がた》い傷に、さすがのノンアゼリアもビクッと一瞬《いっしゅん》怯《ひる》んだ。

「ね、大丈夫でしょう？」

「そう……ね。もっと酷《ひど》いのかと心配しましたわ。まあ、お義姉様が盗みなど下賤《げせん》なことをしたのだから、自業自得《じごうじとく》ですわよね」

（よく言うぜこの女！）

クスッと馬鹿にしたように笑うノンアゼリアだが、今回の一件を仕組んだのはまさに彼女だった。

「私はお義姉様を信じたかったのですが……残念です。お母様の恩情で鞭打ち程度で済んで良かったですね」

「いいえ、私は最後まで信じてもらえずに残念だったわ。だけど安心して、ノンアゼリア。真犯人の目星はついているから、姉として必ず痛い目に遭《あ》わせてあげる……この借りは必ず返さねえとな」

最後はボソッと、ノンアゼリアに聞こえないように呟《つぶや》いた。

「何を……お義姉様、盗みを働いたのに罪を認めず他に犯人がいるだなんて絵空事を！お母様に言いつけてさらに厳しい罰を与えてもらいますよ！」

いつもと様子が違うダリアに戸惑いながらも、ノンアゼリアは怒鳴《どな》りつけた。

本来ならば恐怖に震《ふる》えるダリアをさらに虐めて楽しむ予定だったのだろう。真犯人と言われて、ノンアゼリアは焦《あせ》りを覚えたようだ。

「ノンアゼリアって、お義母様《かあさま》に頼《たよ》ってばかりなのね。ひとりでは何もできない無力な子」

「なっ‼　本当に無力なのは味方のいないお義姉様でしょ⁉　地味で根暗で愛想《あいそ》の欠片《かけら》もなくて、お母様にもお父様にも使用人にさえも敬遠されている。ああ、かわいそうなお義姉様！」

　ダリアの反撃《はんげき》に取《と》り繕《つくろ》うことをやめたノンアゼリアが噛みついてくる。ダリアの記憶では、ノンアゼリアとこうして言い合ったことはない。

（あー、きゃんきゃんうるせぇ。前世ではよく兄貴と喧嘩して殴り合いにもなってたけど……ウチ、口より拳《こぶし》で語り合う方が得意なんだよなぁ）

　香織は感情のままに動くタイプなだけに、この状況が歯がゆかった。とはいえ今のダリアは怪我人《けがにん》。ここは大人しくしていた方が身のためだ。

「お義姉様は一生そのまま部屋に閉じこもってひとりぼっちでいるのがお似合いよ。これ以上、私を怒《おこ》らせないでください。今回はその怪我に免《めん》じて許してあげますが、次はないですからね」

　ノンアゼリアはダリアを睨《にら》みつけた後、部屋を出て行った。

「……ふーっ」

　再び静かになった部屋で、ダリアは大きく深呼吸した。そうでもして心を落ち着かせないと、怒《いか》りが爆発《ばくはつ》しそうだったからだ。

ただ前妻の娘というだけでここまで虐げられ、半分とはいえ血の繋がった異母妹にも見下される意味がわからなかった。

（ダリアを虐めた奴《やつ》ら、ぜってえ見返してやるからな）

こうして、ダリアの体力づくりの日々が幕を開けたのである。


怪我が治るまでは継母や異母妹に目をつけられては厄介《やっかい》だと、一日の大半を部屋で過ごす。ある程度痛みが引いてからは、少しずつ体を動かし、筋トレも欠かさず行った。

そこまでは順調だったのだが、ダリアが一番困ったのは、実は食事だった。もともと食が細いためか、ダリアに用意される食事の量はとても少なかった。その内容もひどいもので、スープだけだったり腐《くさ》りかけのパンや、残飯をかき集めたようなものだったり……満足のいかない食事は、ダリアの体力増強計画にかなりのストレスを与えた。

「お嬢様、食事をお持ちしました」

ダリアの侍女が食事を運んできた。彼女には継母の息がかかっているため、専属だというのにダリアの身の回りの世話もせず、食事を持ってくる以外はほぼ放置状態。ダリアと顔を合わせる度に嫌味《いやみ》を言い、時には継母たちのように手をあげることもあった。そして今回ダリアにこっぴどく鞭打《むちう》ちした張本人でもある。

「はい、どうぞ。お召《め》し上《あ》がりください」

雑に皿を置いた反動で、テーブルの上に料理の一部が飛び散った。

「もう少し丁寧《ていねい》に扱《あつか》ってくれないかしら?」

侍女の態度は毎度横柄《おうへい》で、目に余る。ダリアはついに口をはさんだ。しかし侍女は謝罪をするどころか、鋭《するど》くダリアを睨みつける。

「この私に向かってなんですかその物言いは!」

「そっちこそいい加減その無礼な態度を改めるべきでは? 貴女《あなた》は私に仕える身なのだから」

「はっ、私がお仕えしている主人はダリアお嬢様ではありませんわ」

主人は継母であると言いたいのだろう。とはいえ表向きの主人はダリアなのだ。侍女ごときが邪険《じゃけん》にしていいわけがない。

だが機嫌《きげん》を損《そこ》ねたらしい侍女は、テーブルに置いた食事を片付け始めた。

「私を不快にさせた罰です。食事は抜きにさせていただきます」

「……あぁ?」

侍女の態度にダリアは思わずメンチを切りそうになったが、すぐに笑顔《えがお》を作った。

「貴女に私を罰《ばっ》する権利はないと思うけれど」

「奥様がお許しになるでしょう。まあ、ダリアお嬢様が私に謝罪すれば、今回は特別に許して差し上げますけど」

「いらねぇから、それ持ってさっさと出ていけ」

「なっ……！」

笑顔は崩《くず》さなかったが、つい香織の口調が出てしまった。侍女は驚《おどろ》いていたものの、ダリアがじろりと凄《すご》むと、怯んだ様子で「恐怖でまともじゃなくなったのかしら」とぶつぶつ言いながらそそくさと部屋を出ていった。

ようやく息を抜いたダリアは、ベッドの上に飛び乗ると侍女の姿を頭に浮かべながら怒りを吐《は》き出すように枕《まくら》を殴りつける。

「まともじゃないのはてめえなんだよ……はあっ、いつかぜってぇ痛い目見せてやるからな……はあっ」

勢いは良かったものの、すぐに体力切れになったダリアは息を切らした。思うように体が動かず、再びベッドに横たわる。

「あーっ、もう力なさすぎんだろこの体……」

前世の自分だったら侍女を含め、ダリアを傷つけた人間をボコボコにできたのにと、悔《くや》しさが募《つの》る。その惨《みじ》めな思いを糧《かて》に、今日も体力づくりに励もうとするダリアだったが……食事を抜かれたことで力が入らない。

「腹減ったあぁぁ」

体力を使うと腹が減る。仕方なく早めに眠《ねむ》ろうかと思ったが、腹の虫がまったく鳴きやまず、ついに我慢《がまん》の限界を迎えたダリアは自ら食料を調達することにした。

こっそり部屋を抜け出し、厨房《ちゅうぼう》へと向かう。ふと窓の外に視線を向けると、そこは裏庭に面していて、鬱蒼《うっそう》とした木々が立ち並んでいた。日当たりが悪いのか表にある庭とは大きく違い、どんよりとした雰囲気《ふんいき》を漂《ただよ》わせている。

（もしかしてここ、結構穴場なんじゃ……？）

ダリアは裏庭に出てみようかと考えたが、まずは腹ごしらえだと思い直し再び厨房へと向かう。

厨房の中に使用人はおらず、明かりもついていなかった。ダリアは暗闇《くらやみ》の中、食料を物色するも、勝手がわからずなかなか見つからない。一瞬だけでも明かりが欲《ほ》しいと立ち上がった時だった。

「そこにいるのは誰だ!?」

たまたま通りかかった使用人が音を聞きつけたのか、厨房内の明かりをつけて中を覗《のぞ》きこんできた。

（やっべ！）

完全にその使用人と目が合ってしまい、ダリアは絶体絶命の大ピンチを迎えた。

（最悪だ！　こうなったら殴って気絶させるしかねぇ！）

身構えたものの、使用人はダリアの顔を見るなり驚いた表情を浮かべる。

「奥様……」

「えっ？」

彼の放った一言に気を取られ、ダリアは完全に逃げるチャンスを失ってしまう。

見た目は優《やさ》しそうに見えるこの使用人も、どうせ継母の息がかかっているに違いない。

ダリアは身構えたままやっぱり殴って逃げるか？　と拳を握《にぎ》りしめた。

「執事長《しつじちょう》？　どうかなさいましたか」

この使用人はどうやら、執事長という偉《えら》い立場にいる人のようだ。たまたま厨房の入り口に立っているのを見かけたひとりの騎士が、厨房の外から不思議そうに声をかけている。

（騎士まで来ちまったか。これは終わったな……くっそ、ウチにもっと力があれば）

ダリアは諦《あきら》めの境地で、少し俯《うつむ》きながら執事長の沙汰《さた》を待った。

「ああ、何でもない。見回りかね？」

「はい。執事長はこちらで何を？」

「ようやく仕事がいち段落ついてね。何か飲み物でもと思って」

「遅《おそ》くまでお疲《つか》れ様です」

騎士はそう言って厨房を覗くことなく立ち去った。ダリアは予想外の展開に目を丸くして、執事長を見つめる。

「……貴女様は、ダリアお嬢様ですね？」

無断侵入《しんにゅう》したダリアを責めるでもなく、優しい口調で名前を訊《き》いてくる。

「はい、そうです……けど、どうして私を突き出さなかったのですか？」

ダリアに対してまともに接する相手がほとんどいないこの家で、わけがわからずそう尋《たず》ねた。

「ダリアお嬢様を突き出すなど……それに、何を言おうと言い訳になってしまうので」

執事長は申し訳なさそうに眉《まゆ》を下げたが、質問に答える様子はなかった。

ダリアは先ほど、執事長が自分を見て『奥様』と呟いたことを思い出し、継母ではなく、実の母親に対する言葉だったのかと考えた。

（もしかしてダリアの母親が生きている時から仕えているのか……？　だとしたら、継母の息はかかっていない……？）

後妻である現侯爵夫人を迎え入れた際、侯爵家にいた元の使用人は大幅《おおはば》な入れ替《か》わりがあった。この執事長はその中でも残されたひとりなのかもしれない。

「こんなにも痩《や》せてしまって……お腹《なか》が空いてらっしゃるのですか？　すぐに何か食べるものをご用意しますね」

執事長はそう言って小さな木の籠《かご》に、パンや果物など、すぐに食べられそうなものを詰めていく。

「こんなにたくさん、いいのですか？」

（前世にもいた気前のいいじいさんみたいだな。悪い奴じゃなさそうだ）

ダリアは籠の中を見て顔をほころばせる。

「むしろこの程度のことしかできず、申し訳ありません」

「謝らないでください。私こそとても感謝しているので！」

笑顔のダリアに対して、執事長の顔は罪悪感に満ちていた。不思議に思ったダリアがその意味を尋ねようとすると「誰かに見つかる前にお戻りください」と急《せ》かされてしまい、渋々《しぶしぶ》厨房を後にする。

（ダリアの母親とウチが似てたんだろうな……こんな家でも、ダリアの味方になってくれる人がいて良かった）

ダリアは執事長と出会えた偶然《ぐうぜん》を喜びつつ、部屋に戻ってさっそく籠の中に入っていたパンにジャムやバターを塗って頬張《ほおば》った。

（うっめぇなあ、これ！）

気づけばぺろりと完食していて、ダリアは他の食べ物にも手を付ける。初めて感じる満腹感に、ようやく心が満たされた。

「はあ～、生き返った！　これでしばらくは頑張《がんば》れそうだな」

とはいえこれは単なる一時しのぎに過ぎない。今後、また厨房に行ったところで執事長と会えるとは限らないからだ。何とか協力を仰《あお》げないかと考えてみたが、そもそも執事長と会ったのだって今夜が初めてなのだ。向こうからダリアに会いに来るはずもないだろう。考えても仕方がないことはもう考えない。

ダリアは満腹感に包まれたまま、ぐっすりと眠りにつくのだった。

しかし、執事長と会ってから変わったことがあった。それは、まともな食事が出てくるようになったことである。

主食のパンは量が増え、主菜の肉や魚に副菜のサラダ、スープといった、ひとつひとつが料理と呼ぶにふさわしいものだ。しかも継母の息がかかった侍女ではなく、新しい侍女が食事の用意をしてくれる。ここまでくれば、執事長が継母の目をかいくぐって手を回してくれたとしか理由は思いつかなかった。

こうして一番懸念《けねん》していた食事の面が解決でき、順調に体も鍛えられて体力がついていき、ようやく香織だった頃の感覚を取り戻してきた。

しかし、ダリアには新たな悩みがあった。それは部屋の中で動くには限界があり、次の段階に進められないこと。特に騎士になるのに必要な剣《けん》の練習が一切できず、このままでは入団試験に間に合わない。

（それに、まずは武器——剣を手に入れないと……）

ようやく体力がついたのだ。せめて部屋の中でもできる素振りくらいは始めたい。

どうにかして剣を手に入れられないかと考えていたある日、ダリアにとって千載一遇《せんざいいちぐう》のチャンスが訪《おとず》れた。

「本当に嬉しいですわ、皇都《こうと》に行けるなんて！」

部屋の窓の外から嬉しそうな声が聞こえ、ダリアはチラッと顔をのぞかせる。外では継母とノンアゼリアが楽しそうに話していた。

まるでダリアが窓際《まどぎわ》に姿を現すのを待っていたかのように、ダリアと目が合ったノンアゼリアは、意地悪そうに口角を上げる。

「私、本当に楽しみですわお母様！　久しぶりにお父様と家族水いらずでお買い物ですもの。最後に皇都へ行ったのはいつだったかしら」

わざとらしい大きな声にダリアは眉を顰《ひそ》めたが、それ以上に話の内容が気になって耳をすませる。

「そうね、私も楽しみだわ。今回は邪魔者《じゃまもの》がいない三人で皇都に行けるのだから」

継母もダリアに一度視線を向け、ノンアゼリアと同じような笑《え》みを浮かべる。血の繋がった親子というだけあって、嫌《いや》みたらしい顔がそっくりだ。

皇都はアグネス侯爵領から馬車で一週間ほどのところに位置している。ダリアは幼い頃、今の家族四人で一度皇都を訪れたことがあった。皇子と貴族の子女《しじょ》たちとの顔合わせという名目でお茶会に呼ばれたのだ。

すでに家族に虐げられていたダリアは、継母に脅《おど》されていたのもあり、ただただ目立たないように時間をやり過ごしていた。影《かげ》が薄《うす》すぎて誰からも存在を認知《にんち》されず、ダリアにとっては何の感慨《かんがい》もない記憶だ。

(あれ、そういえば……)

ダリアは不意に思い出す。それはお茶会で、攻略対象者のひとりである第一皇子……ヘデラに話しかけられたことを。会場の隅《すみ》の方で、ただじっと時間が過ぎるのを待っていた時のことだ。

『君は、ダリア・アグネス嬢《じょう》だよね?』

柔《やわ》らかな日差しのように穏《おだ》やかな微笑みを浮かべ、この世界では珍《めずら》しい黒色の髪を靡かせた、幼いながらも麗《うるわ》しいと称《しょう》されるヘデラに声をかけられたダリアは、最初声が出なかった。一瞬でその姿に魅了《みりょう》されてしまったからだ。

ヘデラは噂《うわさ》に聞く通り心優しい人物で、隅で縮こまっていたダリアにも気さくに話しかけてくれ、彼が去った後も視線を外すことができなかった。

(今思えば、攻略対象者だもんな。そりゃ幼いダリアも夢中になるって。それに皇子のあの笑顔！　……ん？　そういやあの笑い方、誰かに似てなかったか？）

　ダリアは記憶を必死に辿ろうとするが、誰かに似ている、が今世のものなのかそれとも前世の記憶からくるものなのかよくわからない。ただ、挨拶《あいさつ》を交《か》わした後のヘデラがどこか怖《こわ》く、ゾクッとした感情だけは覚えていた。

「ま、いいや」

　第一皇子はダリアを破滅に追いやる人物のひとりだ。今世では関わらないようにしよう、と余計なことは考えないようにした。

　それよりも今は、ノンアゼリアの話していた内容――家族がダリア抜きで皇都に行くという方が重要である。

（なるほど……だから今日、あの侍女がわざわざ部屋の窓を開けていったのか）

　ここ数日……正確には、ダリアが執事長と会った翌日から、侍女の虐めは大人しくなった。食事担当を替えられたのもあり、なんらかのお咎《とが》めがあったのだろう。

　しかし今日は久々に部屋を訪れるなり、「換気《かんき》をしておくように奥様から仰《おお》せつかっております」と言い放ち、窓を開け放っていったのである。

　ノンアゼリアや継母は、ひとり留守番をさせられると気づいたダリアが悲しそうに顔を歪ませるところを想像しておかしそうに笑っている。一方でダリアは表情が見えないよう、俯き加減で窓をそっと閉め、バレないようにガッツポーズをした。

（っしゃあ！　これであいつらがいない間は自由ってことだな？　てことは、この隙に剣を買ったり練習ができたりするんじゃ……）

できることなら今すぐ皇都に行って、そのままずっと継母たちが帰ってこなければいいのに……と手を合わせて願ってしまった。


一週間後、ついに三人が皇都へ行く日。使用人たちは朝から慌ただしく、なぜかダリアも叩き起こされ、三人の見送りに駆《か》り出された。

（どこまでクソな奴らなんだよ……どうせウチの落ち込んでる姿が見たいんだろ）

ここでうっかり嬉しげな顔など見せて、部屋に謹慎《きんしん》だとかのたまわれたら面倒だ。ダリアは過去の記憶を頼りに、かつてのダリアのように物悲しげに振《ふ》る舞《ま》おうと決意する。

「あらお義姉様、わざわざお見送りに来てくださったのね」

「本当は連れていってあげたかったのだけどね？　ほら、お前は人が多いところが苦手でしょう？」

（んなこと一言も言った覚えねえけどな）

心の中では毒を吐きながらも、泣き出しそうに顔を歪ませて俯くダリアを見て、継母とノンアゼリアは満足そうに笑う。

「お気遣《きづか》いに感謝いたします。いってらっしゃいませ……」

ここで涙のひとつも零《こぼ》せたら良かったが、さすがにそこまでは無理だったダリアは、鼻を啜《すす》って泣いている風に見せかけることにした。ダリアの迫真《はくしん》の演技に大満足だったようで、継母とノンアゼリアは上機嫌《じょうきげん》に出かけていく。移動を含め、三週間は戻らないだろう。

本来ならばその場で喜びを露わにしたいところであったが、気を抜くのはまだ早い。部屋に戻ってしっかり扉を閉めてから、万歳《ばんざい》で喜びを表す。

「よっしゃ！　これでしばらくは自由になった！」

ダリアは、さっそく屋敷《やしき》を抜け出す計画を立てる。この領地の町なら遅い時間まで店が開いていると聞いている。それなら夜に抜け出していっても買い物ができるだろう。

となれば、まずは変装だ。ダリアの銀髪《ぎんぱつ》はこの国でも珍しい髪色で、どうしても目立ってしまう。それに女性が剣を買いに行っても売ってくれない可能性があるため、男装しようと考えた。

（男用の服をどうするか……拝借《はいしゃく》するか）

夕食後、動き出したダリアは、まずは部屋の周囲に人がいないことを確認してからゆっくりと外に出る。目指すは父親の部屋だ。侯爵家の当主なのだし服などいくらでも持っているに違いない。一着ぐらい借りてもバレないだろうと父親の部屋にそっと入った。

案の定クローゼットには服が満杯《まんぱい》で、一番目立たないものを選ぶ。ちょうど髪を隠《かく》すのに良さそうな帽子《ぼうし》も見つけ、それを被《かぶ》った。無事に着替《きが》えを終え、父親の部屋から出た時だった。

「そこで何をしている！」

ダリアの肩《かた》がビクッと跳《は》ねた。

（しまっ……）

勢いよく声のした方を振《ふ》り返《かえ》ると、執事長が不審げにこちらを見ていた。泥棒《どろぼう》か何かかと思っているのか敵意をむき出しにしていたが、ダリアと目が合うなり驚いた表情へと変わる。

「もしやダリアお嬢様ですか……？　旦那様《だんなさま》のお部屋でいったい何を……そのお姿は」

「じ、事情は後で話すので、見逃《みのが》してください！」

この機を逃せばもうチャンスがないと思ったダリアは、その場からとんずらを決め込む。幸いにも追いかけてくる気配はなく、ダリアは胸を撫《な》でおろした。

（つーか逃げるべきじゃなかったよな……？　話せばわかってくれたかもしれねえのに）

しかしあの場面で冷静に考える余裕《よゆう》はなく、前世でいう警察から逃げる感覚で咄嗟《とっさ》に体が動いてしまったのだ。

（『何をしている』って、完全に警察《サツ》が抗争中《こうそうちゅう》に割り込んでくるセリフだろ……）

ダリアは苦笑《くしょう》を浮かべながら、以前から目を付けていた鬱蒼とした裏庭の立ち木に紛《まぎ》れて外に出る。やはりここは死角になっているようだ。これからも抜け出すのに最適ルートだろう。

門には人がいたため、ダリアは彼らに見つからないよう木に登る。鍛えていたおかげか簡単に上まで登れ、勢いのまま塀《へい》に飛び移り、無事屋敷の外に出ることに成功した。

（せっかくだし町まで走るか）

ようやく外に出られた貴重な機会だ。トレーニングも兼《か》ねて走ろうと考えたダリアは軽くストレッチを始める。ところが……走り始めてすぐに、体力が尽《つ》きてバテてしまった。

「はあっ、はっ……」

（この体、身軽なのはいいけどポンコツすぎんだろ……！　いや、まあわかってたけど！　部屋の中だけじゃ持久力はつけられねえってことはわかってたけどな⁉）

開始早々腰《こし》を下ろし、休憩《きゅうけい》を取る。町は歩いていってもそう遠くはないため、時間を気にする必要はあまりないが、力がついたと思っていただけに少なからずショックを受けた。

（こんな体でよく悪役令嬢なんかやってたな）

もはや尊敬の念すら覚える。

(いや……それだけ孤独感を埋《う》めようと、強がってたんだな)

ゲームのダリアを思い出しながら町まで疲れない程度の速度で歩いていると、段々と人が増え、出店が見えてきた。通りにはたくさんの人が行き交っていて、前世の都会の光景を思い出す。

(すげえ人……)

ダリアは周囲を見回して目を輝かせる。屋敷にはない活気がダリアを興奮させていた。ゆっくり見て回りたい気持ちではあったが、まずは目的を果たそうと武器屋を探すことにする。ようやく見つけて入った武器屋は、薄暗《うすぐら》く、物々しい雰囲気だった。

「おや、見物客かな」

おもむろに店主らしき男性に声をかけられ、ダリアは顔を上げる。幼い少年に見えたのだろう。購入《こうにゅう》目的ではなく、ただのひやかしだと勘違《かんちが》いされてしまったようだ。

「坊主《ぼうず》、ここはお前さんのような子どもが来るようなところではない。今すぐ両親のところに帰りな」

「あ、あの……私、あ、僕……騎士になりたいんです。そのための得物《えもの》……じゃなかった剣を買いに来ました！」

ダリアは慌てて購入の目的を口にした。店主は少し驚いた様子だったが、すぐに頷《うなず》いてくれる。

「それは失礼。では、どのような剣をお望みかな？」

「わた……僕が持てるくらいに小ぶりで、でもしっかりと相手をぶちのめ……いや、相手を倒せるだけの鋭さを持った剣が欲しいんです」

「ふむ、なるほど。ではこれはどうかな」

　店主はダリアの要望に、一振りの剣を差し出した。さっそくその剣を手にしたダリアは、まじまじと見分する。見た目よりも軽く、ダリアの手にしっくりと馴染《なじ》む感じが素晴《すば》らしい。己《おのれ》の相棒となる一振りだ。ダリアは一目でその剣に惚《ほ》れ込んだ。

「これ、いいですね！」

「そうか。切れ味は抜群《ばつぐん》なんだが、なんせ華奢な造りでな。持ち手を選ぶと思っていたんだが気に入ってくれたか、良かった。よし、特別にまけといてやろう」

「本当ですか？　ありがとうございます！」

　お金は亡くなった母親がダリアのためにと遺《のこ》してくれたものをありがたく使わせてもらうことにした。この剣と共に必ず強くなってみせるという決意をもって、店主から剣を受け取る。

「少年よ、君はとても強くなるとワシは思ったよ。何よりその赤い目が真剣で気に入った。武器は人を選ぶという。その子と共に立派な騎士になってくれ」

「はい！　頑張ります！」

店主から期待を寄せられ、ダリアは武者震《むしゃぶる》いする。改めて騎士団に入ってトップをとるという、野望ともいえる己の夢を再認識《さいにんしき》した。

店を出たダリアは、美味《おい》しそうな匂《にお》いに誘《さそ》われるままに食べ物の出店を見て回ることにした。その中で子どもや女性客が多く並んでいる店を見つけたダリアは、何の食べ物なのかと中を覗いてみる。

すると皆ふわふわした白いものが巻かれている短い棒を手にしていた。

(あ、あれって……わたあめじゃ)

「これが今、皇都でも人気のふわふわあめ?」

「そうです! ついにこの町にも上陸したんですよ」

その会話を聞いて、ダリアはそこはわたあめでもいいだろうと突っ込みたくなった。

(いや、世界が違うんだから呼び名なんてどうでもいいか……ふわふわあめ……略してふわあめ……響《ひび》きは可愛い)

「……」

ダリアは一瞬考えたのち、その場から立ち去った……はずだったのだが……。

「毎度あり!」

(か、買ってしまった……! 前世じゃこんな可愛い食べ物、人前では絶対に買えなかったから)

レディースのトップ時代、憧れの的だった香織は、『強い』や『かっこいい』という言葉を飽《あ》きるほど浴びてきた。そのイメージを崩したくない一心で周囲の期待に応えていたが、実は彼女にはある秘密があった。

それは甘いものに目がないことと、少女漫画や乙女ゲームといった恋愛ものが好きだということ。中身が実はこんなにも女の子らしいという一面は誰にも知られたくなかったのだ。

（まあ、今は変装してるけどダリアだし？　堂々と食べててもおかしくないよな）

ダリアは嬉しそうにわたあめを頬張る。

「甘くて、めっちゃくちゃうめぇ～」

前世ではなかなか食べることができなかった分、喜びも増す。

（あ、そういえばひとりだけ、ウチのこの秘密がバレたことがあったな）

前世で関わりのあった、とある男のことである。名前は雅《みやび》といい、見た目は真面目な優等生だったが、中身は泣く子も黙《だま》る有名な暴走族の総長だった。

その男と出会ってから、香織はやたらと彼に付き纏《つ まと》われるようになった。結果、絶対知られたくなかった乙女な一面を知られてしまったわけだが、今となればそんなことすら懐《なつ》かしいと目を細めて笑みをもらす。

（ウチが死んでびっくりしたかなあ。いや、雅は人の感情を持っていない冷酷《れいこく》な男で有名

だったから、きっともう忘れてるな）

ダリアは自身の考えに勝手に納得《なっとく》する。というのも、自分の死が原因で誰かを悲しませていたら……と思うと、やりきれない気持ちになるからだ。

家族は元気だろうか。一緒にトップを目指していた仲間たちは？

気づけばダリアは、転生してから初めて頭の中が前世のことでいっぱいになった。

考え事をしながら歩いていたからだろう、いつの間にかひと通りがない町の外れまで来てしまっていた。

「なんか、ここって……」

ダリアの脳裏に浮かんだのは、道端《みちばた》に傷だらけで倒れていた――雅の姿。その記憶は今世のものではなく、前世のものだ。

ある夜、警察から補導されそうになって逃げていた時に偶然見つけ、放っておくこともできずつい助けてしまった。意識が戻った雅は、生きることを諦めたような表情をしていたものだ。

香織からすれば、懸命《けんめい》に生きてる人間の前で何なんだ？　生きたくないならウチの見えないところで勝手に死んでくれ！　と言いたくなる状況だったが、怪我が治るまでの間だけと何日か一緒に過ごすうち、なぜか雅に気に入られてしまい、完治した後も付き纏われるようになってしまった。

そんな雅との出会いが、今いるような薄暗く、ひと通りがない道端だったのだ。

そして今まさに、ダリアの視線の先には、前世の雅と同じように血だらけで倒れている男が見える。

「そうそう、こんなような状況だった……って、待てよ。これって現実だよな⁉　いや、ほんとに誰か倒れてんじゃん！」

ここが現実であることをすっかり忘れていたダリアは、急いでその人物に駆け寄った。

立派な身なりからして貴族男性のようだ。

「あんた、大丈夫か？」

ダリアは慌てて声をかけるが、男からの返答はない。しかし息はあるようで、ピクッと眉が動いたのを確認したダリアは「こんなところで死ぬんじゃねぇぞ」と呟き、慌てて町に戻って医者を呼びに行った。

幸いすぐに診療所に運んで医者に診《み》てもらえたおかげで、男性は一命を取り留めた。しかしまだ油断できない状況らしく、意識が戻るまではなんとも言えないとのことだ。

「あと少し発見が遅《おく》れていたら助からなかっただろう」

医者の言葉に、ダリアは安堵《あんど》の息をつく。

「間に合って本当に良かったです」

「この方とはどういった関係かね？」

「あ、いえ……知らない人です。道端で倒れていたのをたまたま見かけまして」

「ふむ。貴族らしい身なりだが、いったいどこの家門のお方なのか。面倒事に巻き込まれなければ良いが……」

貴族が血だらけで道端に倒れているなど、どう考えてもよろしくない事情があるのは明白だ。医者はため息を吐《つ》きながら、別の患者《かんじゃ》を診てくると部屋を後にした。

「……うっ」

その直後、男が小さな呻《うめ》き声《ごえ》をあげる。瀕死《ひんし》状態からまさかこれほど早く意識が戻るとは思わなかった。

ダリアは急いで声をかける。

「大丈夫か！」

「……ぜ」

「えっ？」

「なぜ、助けた……死なせてくれれば、いいものを」

男はうっすらと目を開ける。心なしか、ダリアを睨んでいるようにも見えた。

ダリアは驚きに一瞬思考が停止してしまう。そして……。

（はぁ!?　今こいつなんつった？　感謝こそすれ、助けた相手に対してこんなことを言うなんて意味わっかんねえ！）

我に返ったダリアの怒りメーターは一気にMAXを超《こ》え、我慢のがの字すら思い浮かぶことなく言い放つ。

「死ぬなんて簡単に言うな！　死ぬ運命を変えようと必死に生きている奴もいるんだから！　そもそも助けた相手に失礼だろ！」

つい口調が乱れてしまったが、それを凌駕《りょうが》するくらい腹が立っていた。

（そういえば雅も最初こんな風に毒吐いてきたよな……ムカついてあん時もキレたっけ）

前世と限りなく近い今の状況に思わず怒鳴りつけてしまったが、ダリアは冷静さを取り戻すと同時に、見知らぬ相手に何をしたのか理解して慌てて謝罪した。

「も、申し訳ありません！　つい、余計なことを……ですが、貴方《あなた》も良くないと思います……というか、わた……僕が通る道で倒れていたのが悪いんです。僕に見つけられてしまったことを災難だと諦めて、次はどうか僕がいないところで……わっ⁉」

男が突然起き上がり、目を見開きながらダリアを見つめてきた。

（なんだ……こいついきなり。てか間近で見るとすげえ整った顔してんな……あれ？　この顔どっかで見た覚えが……）

先ほどは暗くてよくわからなかった男の顔が、明かりの下ではっきりと見える。焦《こ》げ茶《ちゃ》色《いろ》の髪に、金色の瞳をした男は、息をのむほどの美形だ。

黙りこくっていた男は、ようやくダリアから視線を外すと口を開く。

「生きていてもつまらない毎日に嫌気《いやけ》がさして、あのまま死のうと思ったんだ」

「生きてて楽しいと思ったことがない人生？　なんて可哀想……あっ、失言でした！　それでも死ねなかったってことは、生きろってことですよ」

「それでもやはり死にたいと思ったら？」

「でしたら次はわた……僕の知らないところでお願いします」

あんな状況を見て放っておいたら必ず後悔《こうかい》する。そう思ったからこそ、ダリアは前世でも今世でも瀕死状態の男を助けたのだ。

（確か雅にも同じような言葉を返して、そうしたら……）

男は微笑んだ。

（そう、おかしそうに笑ったんだ。まさに今みてえに。あっ、もしかして雅に似てると思ったのか？）

しかしダリアは違うと脳内で言い切る。前世の雅とは似ても似つかぬ、西洋風の姿形。髪色はまだしも、瞳の色が違うのだから、この世界の人と似ているなんてありえなかった。

「そうか。俺は運が悪かったのか」

「はい。なのでもうしばらく生きていてください」

ダリアの言葉に男は小さく微笑んだかと思うと、そのまま再び眠りについた。

（いったい何なんだ。はぁ……もうこのまま帰りたいところだが……容体が急変したら困

るし、医者が戻ってくるまで待っとくか）

　ダリアはじっと男を見つめながら、どこかで見た覚えがあるその正体を思い出そうとした。

（焦げ茶色の髪に金色の瞳……タレ目がちな優しい目元……なんだっけな。あのわざとらしい髪型《かみがた》もどこかで……確か変装云々《うんぬん》……あっ‼）

　ようやくダリアは思い出した。

「攻略対象キャラ……の変装姿じゃねえか！」

　男の正体は、ヘデラ・グラディー。ここ、バルーン帝国《ていこく》の第一皇子であり、アイハナの人気ナンバーワン攻略対象キャラである。

　本来のヘデラの容姿は黒髪金眼《くろかみきんがん》。しかしゲームのシナリオでも変装して皇都にお忍《しの》びで遊びに行く展開があり、まさにその変装姿が今目の前で寝《ね》ているヘデラと完全に一致《いっち》しているのである。

　だからこそ、ダリアがすぐに思い出せなかったのも無理はない。

（つーか皇子様がなんであんなところで瀕死状態になってたんだ……？）

　ヘデラが倒れていた場所はアグネス領で、視察でもない限り訪れる機会はない。

もし視察だったとしたらダリアの父——当主がこのタイミングで皇都になど行かないだろう。それより何より、ヘデラルートでダリアは破滅エンドを迎えるという最悪な結末が待っている。だからこそこの人物と関わることは全力で回避《かいひ》したい、ところなのだが……。皇子様を放っておくわけにもいくまい。前世からの世話焼き体質がこんなところで遺憾《いかん》なく発揮されてしまったようだ。悪役令嬢も楽じゃない。

結局その日は夜も遅いからと、医者の厚意《こうい》で部屋を貸してもらい、そこで休むことになった。

翌日。パンとミルクを用意してくれた医者が、ダリアのいる部屋にやってきた。

「いやはや、凄《すさ》まじい回復力だよ。皇族《こうぞく》の人間の回復が早いという話なら聞いたことがあるが、貴族様自体、回復が早いもんなんだね」

何かいいことでもあったのか、医者は上機嫌だった。

(いや、大正解だぜお医者さん。だってヘデラは皇族なんだから)

皇族は自然治癒《ちゆ》能力がひときわ優《すぐ》れているというゲーム上の設定になっている。

ダリアはそれを知っていたため、医師の言葉を心の中で称賛《しょうさん》しつつ、何食わぬ顔でそれは良かったと口にした。

「彼は今どんな状態ですか……？」

「そうだ、先ほど目が覚めて、君に会いたいと言っていたんだ」

「へぇ……そうですか」

あれから対処法をあれこれ考えたが、思えば現在は男装をしているため、到底《とうてい》貴族の令嬢とは思われないだろう。素性《すじょう》さえバレなければ、この場は乗り切れるとダリアは結論づけた。

「きっと命の恩人にお礼を言いたいのだろう。私まですごい感謝をされたよ」

(ウチは睨まれたけどな。どういう風《ふ》の吹き回しだよ)

ダリアは少々イラっとしつつも扉をノックする。

「失礼します」

恐《おそ》る恐《おそ》るドアを開けると、ベッドで上体を起こしているヘデラの姿があった。

(さすがは攻略対象キャラだな……顔が良《い》い！)

第一皇子のキャラクタービジュアルは良く、気に入っていたのも事実。ゲームの中だけの人物と思っていた張本人を目の前にして、いささか緊張《きんちょう》してしまう。

「来てくれてありがとう」

優しく、柔らかな声だった。その声を聞けば誰もが安心するような、緊張が和《やわ》らぐ声音《こわね》。

「お体はいかがでしょうか」

平静を装《よそお》うダリアだが、内心は気が気でない。なぜなら昨日、この国の第一皇子に向かって無礼な発言をかましたからである。

「だいぶ良くなったよ。俺を助けてくれてありがとう」

「お礼だなんて恐れ多い……！　へ、平民相手に感謝など必要ありません」

あえて平民を強調し、ダリアは自分が何も知らない普通《ふつう》の少年だとアピールする。

「命を助けられたんだ、感謝して当然だろう」

ヘデラがそう言って無理やりベッドから下りようとしたため、ダリアは慌ててそれを止める。

「わっ……勝手にお体に触《さわ》ってすみません」

すぐさま飛びのこうとするが、ヘデラに腕を掴《つか》まれ、穏やかな表情で見つめられてしまった。

（なんでこんな状態で笑ってられんだ？　体が痛くないのか？　実はMとかっていう裏設定でもあるとか……？）

なぜか背筋がゾクリとしたダリアだが、顔には出さないように意識する。

「あの時の君の言葉で、俺は生きる理由を思い出したんだ」

どことなく嬉しそうな笑みに、ダリアは首を傾《かし》げる。怒鳴りつけた自覚はあれど、そんな大層な発言をした覚えはない。

「それなら良かったです。ええっと、ひとまず放してもらっていいですか？」

「ああ、すまない。だけど本当に良かったよ、死ぬ前に可能性を見出《みいだ》せて」

ようやく腕を放してもらったものの、ダリアはヘデラとの会話に違和感を覚える。

（ヘデラってこんなキャラだっけ……？　ゲームでは一人称《いちにんしょう》が〝私〟だった気がしたけど、今は〝俺〟だし。もしかしてこれも裏設定なのか……？）

ゲームにはない一面に戸惑いつつ、変装をして正体を隠しているからかもしれない、と結論づける。

「ご無事で良かったです。では、わた……僕はこれで失礼いたします」

「待っ」

ヘデラは慌てた様子でダリアを呼び止めたが、ダリアとしてはこれ以上ボロが出る前にとそそくさと部屋を後にした。ここまで話ができるなら、もう付き添う必要もないだろう。

（ウチの正体、バレてねえよな？）

ダリアは今の状況を無事に切り抜けられたことに、心から安心しきっていたのだが。


「やっと見つけた」

ダリアが部屋を去った後、第一皇子は嬉しそうにそう呟いたのだった。

第二章

攻略《こうりゃく》対象ヘデラとの遭遇《そうぐう》から一週間。家族のいない屋敷《やしき》は快適で、ダリアは引きこもっていた部屋から出てトレーニングに励《はげ》む日々を送っていた。

「なあ、知ってるか？　第一皇子殿下《おうじでんか》が失踪《しっそう》したらしいぞ」

「もちろんよ。記事を読んで驚《おどろ》いたわ」

そんな中、今朝発行された新聞の一面に飾《かざ》られたヘデラ失踪の話題で、使用人たちは持ちきりのようだ。

（おいおいヘデラの奴《やつ》、あれから皇都《こうと》に帰っていないのか？）

皇族《こうぞく》だけあってそもそも回復が早かったし、あと二、三日も休めば大丈夫《だいじょうぶ》と医者からも聞いていた。

世間を騒《さわ》がせているということは、行方《ゆくえ》をくらませたままということだろう。ダリアは訝《いぶか》しげな表情を浮《う》かべた。

ヘデラとうっかり出会ってから、ダリアは彼について調べ、いくつかわかったことがある。

現在、この国の皇太子《こうたいし》の座を争っているのは前皇后《こうごう》の子である第一皇子のヘデラと、現皇后の子である第三皇子スグリ。有力なのは長子の第一皇子と言われているが、母親を早くに亡《な》くし後ろ盾《うしろだて》を失ったため、現皇后をはじめとする私腹を肥した悪徳貴族たちが第三皇子側について、彼を立太子《りったいし》させようと画策している。

ちなみに、第二皇子は後継者《こうけいしゃ》争いには参加していない。というのも、まだ幼い頃《ころ》に馬車の事故で母親と共に亡くなっていた。母親の身分が低く、早々に後継者争いの犠牲《ぎせい》になったという噂《うわさ》もあったが、それを決定付ける証拠《しょうこ》はなく、真相は不明のまま。

アグネス侯爵《こうしゃく》家《け》は派閥《はばつ》争いには関わっておらず中立の立場にあり、傍観《ぼうかん》に徹《てっ》しているようだ。

「ダリアお嬢様《じょうさま》、どちらにいらっしゃったのですか」

部屋に戻《もど》ると、怒《おこ》った様子の侍女《じじょ》が待ち受けていた。一時は大人しくしていた専属侍女は、継母《ままはは》たちが皇都にいる間、監視《かんし》役を頼《たの》まれでもしたのだろう。ふてぶてしい態度を隠《かく》しもしない。

(まーたこいつか……性懲《しょうこ》りもなく)

思わずため息を吐《つ》いたダリアに、侍女は怒《いか》りを爆発《ばくはつ》させた。

「奥様がいないのをいいことに、随分《ずいぶん》と自由に過ごされているようではございませんか。

奥様ご不在の間、私が貴女《あなた》の躾《しつけ》を頼まれております。その態度、一から叩《たた》き直《なお》して差し上げましょう！」

そう言って侍女は鞭《むち》を取り出した。以前のダリアだったらすくみ上がっていただろうが、今のダリアは元不良だ。怖《こわ》がるどころか不遜《ふそん》な態度で侍女を見据《みす》える。

「私、罰《ばつ》を与《あた》えられるようなことをした覚えがないのだけど」

「その調子に乗った態度を言っているのです！」

「身分差を考えたら当然では？　一介《いっかい》の侍女相手に、侯爵家の令嬢《れいじょう》がへりくだれと？」

「なっ……」

ダリアが鼻で笑う。

「このっ……」

言い返す言葉が出ない代わりに、侍女は鞭を振《ふ》りかざした。ダリアはすかさずその腕《うで》を摑《つか》む。

「調子に乗ってるのはてめえだろ」

「いっ……」

ダリアが侍女の腕をひねると、鞭が床《ゆか》に落ちた。

（やられっぱなしは癪《しゃく》だからな。どっちの立場が上か、わからせてやるよ）

いつまでも舐《な》めた態度の侍女を許す気はない。体力の戻ったダリアであれば、喧嘩《けんか》をしたことのない侍女など赤子の手をひねるようなものだ。

「今すぐ手を放しなさい！　このことを奥様に伝えますよ！」

「へえ、なんて言うのか気になるな。鞭で打とうとしたら逆にやり返されましたって？」

「奥様はすぐに罰を与えてくださいますわ！」

「じゃあ試《ため》してみるか？　屋敷の人間に虐《いじ》められている気弱なダリアが、侍女を蹴散《けち》らしましたなんて話、誰《だれ》が信じんのか」

ダリアが手荒《てあら》に解放すると、その弾《はず》みで侍女は尻《しり》もちをついた。

「このままだとウチが圧倒的《あっとうてき》に有利だからハンデをやろうか？」

「ウチ？　ハンデ……？　貴女、本当にダリアお嬢様なのですか」

「話を遮《さえぎ》んな。ウチはな、弱い者虐めをする奴が死ぬほど嫌《きら》いなんだ。それはもう徹底的《てっていてき》に排除《はいじょ》したいぐらい」

ダリアは床に落ちた鞭を拾う。あっという間に形勢逆転し、侍女は顔を青くした。

「鞭の痕《あと》を見たら、少しはウチを疑うかな？」

「何をする気ですか⁉」

「ウチって短気なんだよな。考えるよりも先に手が出るってやつ？」

「……ひっ」

ダリアは床に向けてビシリと鞭を打った。コツは力を入れすぎないこと。竹刀《しない》を振る要領で打てば、効果覿面《てきめん》だ。

侍女は大きな音に震《ふる》え上《あ》がった。

「次はねえぞ、わかったらさっさと出ていけ」

再び鞭で床を打てば、侍女は逃《に》げるように部屋を後にした。

「あー、スッキリした！　やっとやり返せた！」

ダリアは清々《すがすが》しい気持ちで、満足げにソファへ腰《こし》を下ろした。

（あんだけ脅《おど》しておけば大丈夫だろ）

もし継母に伝えたとしても、今まで泣いて許しを乞《こ》うことしかできなかったダリアが侍女を返《かえ》り討《う》ちにするなど、信じるはずがない。

（まあ、何か言ってきたらそん時はそん時で、気弱なダリアを演じてみせればいい話だ。できるかわかんねえけど！）

楽観するダリアは、それよりも……と、今後の訓練について考える。

先日、ようやく剣《けん》を手に入れたダリアは、さっそく部屋で練習に励んでいた。しかし室内でやるには素振《すぶ》りが限界で、できれば外で思い切り体を動かしたい。

ダリアは思い立ったが吉日《きちじつ》、と前回と同じく男装し、裏庭からこっそり抜《ぬ》け出《だ》すことにした。だがそこに人影《ひとかげ》を見つけて、慌《あわ》ててその場に屈《かが》みこむ。

「ここだけの話だけどね、どうやら奥様が、第一皇子殿下の失踪に関わっているかもしれないの」

「奥様が⁉　それ本当か？」

まるで密会しているかのように身を寄せ合って話す男女の使用人は、全くダリアの存在に気づいていない。興味深い内容に、ダリアは耳を傾《かたむ》ける。

「本当よ。偶然《ぐうぜん》奥様が先日皇都からいらしたお客様とお話ししているところを聞いちゃったの。奥様たちが皇都から帰ってくる頃には、第一皇子殿下は消えているだろうって」

「なんだって⁉　旦那様《だんなさま》はご存じなのだろうか」

「当たり前でしょう？　奥様が関わっているのなら、絶対に旦那様も共犯だわ」

（今の話が本当なら……アグネス侯爵家はヘデラの敵《てき》ってことか？）

あのままダリアがヘデラを見つけていなかったら、彼は命を落としていた。皇都から来た客がどこの誰かはわからないが、アグネス侯爵家は中立の立場ではない、ということなのだろう。あの継母ならありえそうな話だ。

（攻略対象キャラがダリアより先に死ぬって展開もありえんのか……とはいえヘデラはウチが助けちまって死ななかったわけだが）

そういえば、ゲーム内でも王位継承権争《けいしょうけん》いの展開はあった気がする。だが恋愛《れんあい》がメインの内容だっただけに、そのあたりの裏事情はさらっと描写《びょうしゃ》されただけで、ダリア自身あまり覚えていなかった。

「まあいいか。行こう」

ふたりが立ち去ったのを確認《かくにん》して、ダリアは裏庭からそっと抜け出す。

前回同様無事に外へ出ることに成功したダリアは、先日町へ向かう途中《とちゅう》に見つけた平地で剣の練習に励む。独学で、しかも闇雲《やみくも》に剣を振ることしかできなかったが、開放感のある外で素振りができるのはやっぱり楽しい。今度はかかしでも作って打ち込みの練習をしてみるか……そんなことを考えていた時だった。

「それだと一生成長できないよ」

「……え」

その声は突然《とつぜん》背後から聞こえてきた。足音が全く聞こえず慌てて振り返ると、そこには変装姿のヘデラが立っていた。

「ど、どうしてヘデ……っ」

ヘデラの正体を自分は知らないことになっている。危《あや》うく名前を口にしそうになったダリアは、慌てて言葉を呑《の》み込んだ。

(あっぶねえ……！　変装姿を見てヘデラだってわかる人間なんてそういねえよな)

ゲーム知識がなければ、ダリアも彼がヘデラだと気づくことはなかっただろう。

「怪我《けが》は、もう大丈夫なのですか？」

動揺《どうよう》を悟《さと》られないようにダリアはそう尋《たず》ねた。

「まだ全快ではないけれど、普通《ふつう》に動く分には大丈夫だよ」

（普通に動けるなら早く帰れよ！　今、国中でヘデラの失踪が話題になってんだぞ？）

平気そうなヘデラを見て色々と突《つ》っ込《こ》みたいところだったが、下手に言及《げんきゅう》して目をつけられても困る。「良かったです」とお茶を濁《にご》して会話を終わらせた。

「では、わた……僕はこれで……」

実家の暗殺関与《かんよ》について聞いてしまった後だ。余計に彼と関わるべきではないと思ったダリアは、そそくさとその場を去ろうとした。

「女性が剣の練習をしているなんて、不思議だね」

その言葉にダリアはピタッと足を止める。あっさりと男装を見破ったヘデラに、ダリアはゆっくり振り返って鋭《するど》い視線を向けた。

「この国では、女性は淑女《しゅくじょ》らしくあるべきだ」

「……」

ヘデラはうっすらと笑《え》みを浮かべていて、ダリアを馬鹿にしているような雰囲気《ふんいき》が感じられる。ここはスルーして立ち去るのが身のためだとわかっていても、聞き捨てならないセリフにダリアは反射で言葉を返した。

「どうして剣を持つのが男だと決めつけられているのですか？　女であろうと実力があれば関係ないのでは？　国に貢献《こうけん》するのは男だけではありません」

「この国で優位なのはいつだって男なんだよ。権力者は全員男。まさか君、騎士《きし》にでもなるつもり？」

「そんな決まり、私が覆《くつがえ》してみせます。女だろうと騎士になって証明してやる！」

ダリアが断言すると、ヘデラはふっと笑みをもらし、帯刀していた剣をすらりと抜く。

「その心意気、俺の忘れられない人に似ているな。君がその気なら、俺も手伝うよ」

まるで値踏《ねぶ》みするような表情で向けられた切っ先だったが、ダリアは別の意味で食いついた。

「本当ですか⁉」

「え？」

ダリアの嬉《うれ》しそうな顔に、ヘデラはきょとんとした顔をする。

「……あ、いえっ、結構です！」

ひとりで素振りをしていても手ごたえがない。そう思っていた矢先に相手をしてもらえると聞いてつい飛びついてしまったが、すぐさま我に返る。

（相手がヘデラじゃなかったら喜んでお願いしたのに！）

ヘデラはそんなダリアの様子にふっと笑みを浮かべると、事情を察したように言《い》い募《つの》る。

「どうして？　こんなところで男の格好《かっこう》までしてひとりで練習していたんだ。本気で騎士になるつもりなんだろう？　君にとっても願ったり叶ったりな提案なはずだ」

「それはもちろん……だけど、そもそも……私、貴方《あなた》のこと知りませんし」

「ああ、そうか。まだ名乗っていなかったな。今は変装しているけれど、俺はこの国の第一皇子、ヘデラ・グラディーだ」

（はい、知ってますとも！　できれば黙《だま》っていてほしかったけど！）

ダリアはここで自分も名乗るべきとはわかっていても躊躇《ちゅうちょ》してしまう。

「えっと……私は……その」

「帽子《ぼうし》から覗《のぞ》いている銀色の髪《かみ》、ルビーのような赤い瞳《ひとみ》」

ヘデラはダリアに近づき、すっと手を伸《の》ばす。かぶっていた帽子を取られ、まとめていた髪がはらりと落ちる。

ダリアの長い銀髪《ぎんぱつ》が、夜空に輝《かがや》きを放つかのように煌《きら》めく。満足そうにヘデラは笑みを浮かべた。

「とても綺麗《きれい》だ」

あまりにもストレートな言葉に、不覚にもダリアは照れてしまう。

（そりゃダリアが美人なのは知ってっけど……こんなイケメン皇子にド直球で褒《ほ》められたら恥《は》ずかしいに決まってる！）

「ダリア・アグネス嬢《じょう》。俺を助けてくれて感謝する」

「……えっ」

ダリアの顔からサーッと血の気が引く。ヘデラに名乗った覚えはなかったが、なぜかすでに素性《すじょう》がバレていたようだ。

「な、にを……」

ヘデラは驚きと混乱でしどろもどろになるダリアにさらに言葉を続けた。

「俺が忘れていると思った？　幼少期に一度、会ったことがあるのに」

「あっ幼少期……」

一度だけ訪《おとず》れた皇宮《こうぐう》のお茶会のことだ。挨拶《あいさつ》を交《か》わし、軽く話しただけだったが、ヘデラはしっかりその時のことを覚えていたようだ。

「失礼いたしました。まさか第一皇子殿下だったなんて……改めてご挨拶申し上げます。アグネス侯爵家長女のダリアです。ええ……と、それで、大変厚かましいお願いですけど、どうか今までのご無礼をお許しください」

ダリアは開き直って謝罪した。できればすべてを水に流してこのまま立ち去ってほしいところだが……。

「もちろんだよ、君は命の恩人なのだから。もう一度会えて嬉しく思うよ。それで、剣《けん》術《じゅつ》をやりたいんだろう？　騎士になりたいって言ってたよね。なら、ひとりでやるよりふたりの方がより実践的《じっせんてき》だと思うな」

「それは……確かにすごく魅力的《みりょくてき》なのですが……」

ダリアはありがたい申し出に頭を悩《なや》ませる。

「殿下は皇都に戻られなくて大丈夫なのですか？　失踪したという情報が国中に広がっているのに」

「数週間程度なら問題ないよ。襲《おそ》われた時に俺の側近も深手を負っていてね、その怪我の治療《ちりょう》もかねてここに残ることにしたんだ」

「そうだったのですね」

その襲われた事件に侯爵家が関わっているかもしれないと思うと、ダリアは気まずくなった。しかし事情を知らないヘデラはなおも畳《たた》みかけてくる。

「君にとっても悪い話ではないはずだよ」

ダリアの目下の目標は、一発合格で騎士団に入ることだ。あれこれ考えている場合ではない。覚悟《かくご》を決めたダリアは、改めてヘデラの手を取った。

「ぜひ、よろしくお願いします」

こうして、ヘデラの指導のもと、ダリアの剣術の訓練が始まった。まずはヘデラの実力を確かめようと果敢《かかん》に攻《せ》めたダリアだが、勝敗はあっさりとついた。キインと甲高《かんだか》い音が響《ひび》いたあと、気づけば手から剣が抜けたような、そんな感覚だった。

（負けた……のか？　こんなにあっさり？）

呆然《ぼうぜん》と立《た》ち尽《つ》くすダリアに、ヘデラは地面に落ちた剣を拾って手渡《てわた》す。

「残念だけど、これが今の君の実力だよ」

今までの努力はすべて無駄《むだ》だったとでも言うような、全否定的な言い方に腹が立ったダリアは、手渡された剣を持つ手に力を込める。

（なんか優《やさ》しい雰囲気醸《かも》し出してるけど、普通にウチをバカにした言い方だったよな）

段々と怒りが湧《わ》いてきて、ダリアは感情のままにヘデラへと挑《いど》む。

だが何度やっても結果は同じで、無駄のない動きと隙《すき》のない剣捌《けんさば》きを前に、ダリアはまったく歯が立たなかった。

「くっそ……負けた！」

ついにダリアはその場にべたりと座り込む。

令嬢らしからぬ言葉遣《ことばづか》いと体勢だったが、ダリアに気にする余裕《よゆう》はない。ヘデラはそんなダリアを見ても、顔をしかめるどころか優しく微笑《ほほえ》んでいた。

「少し休憩《きゅうけい》しようか」

息ひとつ乱れていない姿を見ると、力の差は歴然。恋愛メインのゲームだったため剣術の見せ場などなかったが、ヘデラの実力は本物らしい。

ふと、ダリアは疑問に思ってヘデラに訊《たず》ねた。

「こんなに強いのに、どうしてあんな致命傷《ちめいしょう》を負わされたのですか？」

数で襲われたら到底《とうてい》かなわないだろうが、それでもヘデラの実力ならばあそこまで怪我を負うこともないように思えた。

「生きる気力のない人間は屍《しかばね》と同じだよ」

ヘデラの答えになっていない返答にダリアは首を傾《かし》げる。

「えっと……それってどういう意」

「知らなくていいことだよ」

それ以上語る気がなさそうなヘデラに、深く突っ込むべきではないと察したダリアは、

「そうなのですね」と、その場を終わらせたのだった。


ヘデラとの特訓はそれから毎晩二週間ほど続き、世間ではもう第一皇子の生存の可能性は絶望的と噂されていた。

ヘデラの教え方はとても上手《うま》く、前世で竹刀《しない》を振り回していたこともあってかダリアはそれなりに技術を磨《みが》くことができていた。

しかし、一度もヘデラに勝てたことはない。

（あーっ、くそ！　今日も勝てなかった！）

ダリアは服が汚《よご》れるのも構わず地べたに大の字になる。そんなダリアの横に、ヘデラも

腰を下ろした。

「君の成長は本当に早いね」

「……恐《おそ》れ入《い》ります」

ダリアは起き上がりながら恐縮《きょうしゅく》する。ヘデラには到底かなわなかったものの、彼の言う通りダリアはあっという間にヘデラの教えたことをマスターしていた。

（前世の感覚が蘇《よみがえ》ってきたのもあってか、結構動けるようになってきたな）

ダリアが手をわきわきとさせながら嬉しそうにしていると、ヘデラがふいにダリアの頭に手を伸ばした。

「へっ……何して」

「ついてたよ。これ」

近づいた距離《きょり》にドギマギしたダリアだが、どうやら寝転《ねころ》んだ拍子《ひょうし》に頭に葉っぱがついていたらしい。それを優しく取りながらにこっと微笑みかけられた。ダリアは少し照れながら「ありがとうございます」と感謝の言葉を口にする。

（びっくりしたあ！　一瞬《いっしゅん》ウチがヒロインになったのかと錯覚《さっかく》しそうになったぞ……自分だけに向けられる王子様スマイル、やっぱ最高だな！）

ヘデラルートで好感度が上がると、『君を誰にも渡《わた》したくない』と独占欲《どくせんよく》を見せる胸キュンシーンがあり、それが堪《たま》らなかったなぁとストーリーを思い返してダリアは頬《ほお》が緩《ゆる》みそうになった。

「これで入団試験は大丈夫だろうね。皇室騎士団は実力重視だから」

自分だけの世界に浸《ひた》っていたところでヘデラに話しかけられ、ハッと我に返る。

「実力重視で良かったです」

(もし筆記があったら……)

ダリアはゾッとした。勉強は前世から苦手分野なのだ。

「君なら合格は間違《まちが》いないと思って良《い》いよ。もし不安なら、俺が口添《くちぞ》えして……」

「そんなことしたら殿下のこと恨《うら》みます！　実力で勝ち取ってこそナンボなのですから！」

拳《こぶし》を握《にぎ》って力説するダリアに、ヘデラは「そっか」と言って、目を細めてダリアを見つめてくる。

(その視線、なんか嫌《いや》なんだよなあ。雅《みやび》のこと思い出すから)

しつこく付《つ》き纏《まと》ってきた雅と重なるその眼差《まなざ》しに、ダリアはふいと視線を外す。

「ダリア嬢……君は」

ヘデラがダリアに何かを言おうと口を開く。しかしそこへ、遠くから男性の声が聞こえてきた。

「殿下！　このような場所にいらっしゃったのですか！　毎晩毎晩いつの間にやら行方を

くらませてしまわれて……」

「ああ、ついに嗅《か》ぎつけてきたか……まるで忠犬のようだな」

ヘデラは心底嫌そうな表情を浮かべ、ため息を吐いた。ダリアは近づいてきた男性をじっと見つめる。ネイビーの髪に紫《むらさき》の瞳。印象的な姿形には見覚えがある。

（こいつ、確か……）

「アジュガ。君はもう少し空気を読んだ方が良い」

「何を仰《おっしゃ》っているのですか。殿下は先日お命を狙《ねら》われたばかりなのですよ！」

（やっぱり！）

ヘデラが名前を呼んだことで、ダリアは男の正体を思い出した。

（こいつはダリアが死ぬルートに出てくるもうひとりの攻略キャラ、アジュガ・インセント！）

アジュガはヘデラの側近という役どころで、彼と行動を共にすることが多い。そしてダリアの破滅《はめつ》ルートで直接ダリアを手にかける危険人物なのだ。

ゲームではヘデラの婚約者《こんやくしゃ》候補であるヒロインと禁断の恋《こい》に落ち、様々な葛藤《かっとう》がある中でヒロインを一途《いちず》に想《おも》い続ける姿は格好良かった。しかし最後にダリアを殺したことで、さすがにそれはやりすぎだろうとアジュガにあまり良いイメージを抱《いだ》いていなかった。

そんなアジュガの手には、包帯が巻かれている。ヘデラが言っていた怪我を負った側近とは彼のことだろう。もう痛みはないのかとダリアが観察していると、突然アジュガがダリアに剣を突き付けた。

「お前は誰だ。この方を誰だと思っている」

（はぁ？　急になんだよこいつ。ヤル気か⁉）

売られた喧嘩は買う主義だ。ダリアは立ち上がって剣を抜こうとしたが……。

「誰に向かって剣を抜いている？」

それは今にも殺されそうな、とんでもないヘデラの殺気だった。

ダリアは本能的に怯《ひる》んでしまい、思わず息を呑《の》んだ。アジュガにもそれが伝わったようで、すぐに剣を戻して頭を下げる。

「失礼いたしました。無礼をお許しください」

（びっ、くりしたあ。なんだヘデラのあの殺気）

すると、先ほどのことなどなかったかのようにヘデラはダリアに向けて柔《やわ》らかな笑みを浮かべた。

「大丈夫だよ。俺がいる限り、君は二度と殺されることはないから。絶対にそうはさせない」

「……え？」

意味深な物言いに、ダリアは眉《まゆ》を顰《ひそ》める。

しかしそんなダリアを無視するように、アジュガはダリアに背を向けながらヘデラとの間に割って入る。

「殿下、馬車の手配が整いました。できれば今夜中に発《た》つのが最善かと」

「そうか。わかった」

「ここまで相手を泳がせる必要があったのですか？　町ではもう殿下の死亡が確実だと噂されています」

「おかげで何もかも順調だよ。本当はまだ離《はな》れたくないけれど、皇太子の座を奪《うば》われてしまいかねないからね」

「急ぎましょう。すでに一部の臣下は第三皇子を立太子とするよう、進言されているようです」

ダリアはところどころ聞こえた内容で、ようやくヘデラが皇宮へ帰るのだと察する。ヘデラはアジュガを押しのけ、再びダリアの前に立った。

「ダリア嬢、時間が来てしまったようだ。残念だけどしばらくの間お別れだね」

「皇宮に、戻られるのですね。その……大丈夫なのでしょうか？」

ヘデラの失踪後、民《たみ》の間では第三皇子の立太子はほぼ確実だとみなされていた。

そんな中ヘデラが無事に戻ったとなれば、皇太子の座を巡《めぐ》って争いが起きるだろうことは明白だ。稽古《けいこ》をつけてくれた恩義を感じていたダリアは、つい心配の声をかけてしまう。

「嬉しいな。君にそう言ってもらえるだなんて。俺は大丈夫だよ。もう絶対に、今世で死ねなくなったからね」

「？」

ヘデラの言うことはいまいちよくわからない。

ダリアが頭に疑問符《ぎもんふ》を浮かべる一方で、ヘデラはこれから起こる争いを楽しみにしているかのような、余裕の表情を浮かべた。そしてするりとダリアの頬を撫《な》でる。

「いつか、君に話せる日が来るといいな。では、また会おう」

「ひゃっ！　ああもう！　いきなり触《さわ》るのやめてもらえます？」

ダリアはヘデラの不意の行為《こうい》に抗議《こうぎ》の言葉をかけるも、これだけは言っておかねばと慌てて口を開く。

「あの……今日まで鍛錬《たんれん》にお付き合いくださりありがとうございました！　また血だらけで倒《たお》れる日が来ないことを祈《いの》っておきます」

「ありがとう。金輪際《こんりんざい》俺があんな日に遭《あ》うことはないよ」

（おいおい、えらい自信だな……）

生きることに絶望していたヘデラを助けたのはついこの間のことなのに、人はこんなにも変わるものかと感心する。

「では、私も入団試験を頑張《がんば》りますね」

「ああ。次に会った時に君の成長した姿を見るのを楽しみにしているよ」

（できればもう二度と会いたくねぇけどな）

「次……があると良いですね」

ヘデラに聞き取れるかどうかのギリギリの声量でダリアはボソッと呟《つぶや》く。聞こえなかったのか、ヘデラはニコッと微笑んで別れを告げると、アジュガと共に去っていった。


「いったいあの少年は何者ですか」

ダリアの正体を知らないアジュガは、変装中のダリアを少年だと思い込み、不思議そうにヘデラに問いかける。

「わざわざ姿を隠していたというのに、最近夜になるとお姿が見えなくなると思ったら、あの少年と会っていたのですか？　殿下がいつになく生き生きしていらしたのは、彼が理由でしょうか？」

アジュガの問いに、ヘデラは笑みを浮かべるだけで答えない。

沈黙《ちんもく》を肯定《こうてい》と捉《とら》えたアジュガは、これまで仕えてきたヘデラの様子を思い返し、ここ数年、ヘデラが楽しそうな姿を見せたのはいつ以来だったかと思考を巡らせる。

アジュガの家系は代々皇室に仕えていた。アジュガはヘデラと同じ年に生まれた時から、すでに皇子に仕える運命が決まっていたのだ。

表向きは主従関係であったが、ふたりは仲の良い幼なじみのように育つ。

(殿下が大人びたように感じたのは、確か……)

だがある日を境に、ヘデラとの距離が遠くなった。

(そうだ、ダリア・アグネス侯爵令嬢《こうしゃくれいじょう》の名前を聞いた時だったか)

ヘデラは皇宮に来ていたアグネス侯爵家の当主と偶然廊下《ろうか》で出会い、言葉を交わしていた。アジュガは一歩後ろに下がり、静かにふたりの会話を聞いていた。

『私にもヘデラ殿下と歳《とし》の近い娘《むすめ》がおりましてね。名はダリアというのですが、良かったら今度開かれるお茶会で娘とお話ししていただけると嬉しいです』

アグネス侯爵は、あわよくば、自分の娘を妃《きさき》にしようという欲望が前面に出ている、よくいる貴族のひとりだとアジュガの目には映っていた。

アジュガの予想では、ヘデラは困ったように笑いながらも、笑顔で受け流すだろうと思っていた。しかし、意外にもヘデラが興味を示したのだ。

『ダリア……？』

『ええ。私の亡き妻に似ていて、綺麗な銀色の髪に、まるでルビーのような美しい瞳をしておりまして……殿下もきっと気に入るかと』

『……ダリア、銀髪……ルビー……っ！』

侯爵の話を聞いているうちに、ヘデラは頭を抱《かか》えるようにして膝《ひざ》をつく。そのまま気を失い、一時場は騒然《そうぜん》となった。

そうして次に目覚めた時にはもう、アジュガのよく知るヘデラではなくなっていたのだ。

距離を感じるようになったアジュガだったが、それでも側近として仕えているのはただの義務だけではない。

（ヘデラ殿下ほど皇帝《こうてい》にふさわしい人はいない）

長年仕えたからこそわかる、ヘデラの皇帝としての素質。何をやってもそつなくこなし、話術にも長《た》けていて、人の心の隙間《すきま》にするりと入り込む姿は感心する反面、恐ろしくも感じたものだ。

しかし、そのヘデラは歳を重ねるごとに段々生気がなくなっていき……気づけば嘘《うそ》でも笑うことすらなくなっていた。

いつ死んでもおかしくない。まさにそのような状態。

理由までは詳《くわ》しくわからなかったが、ヘデラが変わってしまったあの日から、貴族の令嬢や平民の少女の情報を手当《てあ》たり次第《しだい》に集めていたことと、何か関係しているのかもしれない。

（おそらく殿下は誰かを捜していた。自分と歳が近い少女を）

そうだ、とアジュガはようやく思い出した。ヘデラが最後に生き生きしていたのを見たのは、幼少期に開かれたお茶会の日だったと。

「生き生き……か。あながち間違いではないね。彼女がもし〝そう〟なら、それは俺の生きる意味そのものだから」

「殿下？　〝そう〟とはいったいどういう……」

「先ほどの少年はダリア・アグネス嬢だよ。わけあって男装しているんだ。彼女が騎士になりたいようだったから、相手になってあげていたんだよ」

「なっ、正気ですか殿下⁉　我々はアグネス侯爵領で襲われたのですよ⁉　アグネス侯爵は中立のフリをしながら、きっと第三皇子の手下だったに違《ちが》いありません。今も自分の娘を使って探《さぐ》りを……そのような人間を野放しにするおつもりですか。やはり早いうちに処理しておかなければ」

「……アジュガ」

ヘデラの声は落ち着いていたが、思わず身震《みぶる》いしてしまうような、冷たい響きを伴《ともな》っていた。

「彼女に手を出せば命はないよ。これが二度目の忠告。三度目はないからね」

静かな怒り。感情の起伏《きふく》が少ないヘデラが見せた怒りに、アジュガは命の危険を感じ、その場に跪《ひざまず》いた。

「し、失礼いたしました。殿下の仰《おお》せのままに」

顔を上げることができず、微《かす》かに震える声で返事をしながら、アジュガは知らずのうちに笑みを浮かべる。

（殿下が何を考えておられるかはわからないが、これだけはわかる。やはり殿下こそ皇帝の座に就《つ》くべき御方《おかた》なのだと）

幼い頃のヘデラはあまりにも優しすぎて、皇帝にふさわしくないのではと囁《ささや》かれるほど慈愛《じあい》に満《み》ち溢《あふ》れた人物だった。

しかし今、目の前のヘデラを見て安堵《あんど》した。仲が良かった幼少期から、開いた距離に寂《さび》しさは感じつつも、生きる気力をなくしていたかつてのヘデラとは雲泥《うんでい》の差《さ》だ。

（殿下をこうさせたのがダリア・アグネス嬢というのは少し引っかかるが、今は素直《すなお》に喜ぼう。私は殿下が皇位を手に入れられるよう、お支えするのみ）

アジュガはダリアを警戒《けいかい》しながらも、為政者《いせいしゃ》として冷徹《れいてつ》な部分を持つヘデラに従うことに、異論はなかった。

　　　　†

その年の入団試験があと二週間ほどに迫《せま》った日、ダリアは驚愕《きょうがく》の事実に気がついた。

「試験会場は皇都⁉」

アグネス侯爵家の騎士団からこっそり手に入れた、試験の詳細《しょうさい》。その用紙に記載《きさい》されていた開催《かいさい》場所に、ダリアは絶望した。

(皇都って、どうやって行けばいいんだ？)

まだ小さかった頃にしか行ったことのない皇都。行き方はおろか、行く手段すら思いつかない。

「この世界にもバイクがあったら解決すんのになあ」

前世ぶりにバイクに乗って走りたい衝動《しょうどう》に駆《か》られるが、この世界にそんなものはない。移動手段は馬か馬車がほとんどだ。

(馬……そうだ！)

ソファで横になっていたダリアは、勢いよく起き上がった。

(確かこの家にも、厩舎《きゅうしゃ》はあったよな)

ダリアはにんまりとほくそ笑む。

バイクがないなら、馬に乗ればいいのだ！　乗馬の経験はなかったが、彼女には前世の愛車で夜の町を走り回った記憶《きおく》がある。簡単に乗りこなせるだろうという謎《なぞ》の自信があった。

さっそく、今日の夜にでも馬の下見に行こうと計画を立てていると、扉《とびら》がノックされる。

そろそろ夕食の時間だ。侍女が食事を持ってきたのだろう。

「失礼いたします」

「えっ……」

しかし部屋に入ってきたのはいつもの侍女ではなく、食事を持った執事長《しつじちょう》だった。

「食事担当の侍女の体調がすぐれないようで、代わりにお持ちしました」

「そ、そうですか……」

他のメイドに任せればいいのにと思いつつ、笑顔を作る。執事長とは、剣を買いに行って朝帰りして以来初めて顔を合わせる。皇都から帰ってきた父親たちにも特にダリアのことを報告している様子はなかったので、勝手に味方だと思っていた。しかし、実際のところ確認したわけではないし、執事長にどのような顔をすればいいのかわからなかった。

（いっそのこと、ぶっちゃけて訊《き》いてみるか……？）

この際、白黒はっきりつけようと思い、口を開こうとしたが……。

「ダリアお嬢様は、皇室騎士団入りを目指していらっしゃるのですか」

「!!」

執事長は穏《おだ》やかな表情のまま、ダリアに尋ねた。予想外の質問に驚いたが、ダリアは腹を決め、隠すことなく頷《うなず》いた。

「はい。執事長も私を止めますか？」

「何を仰いますか。私にも協力させてください」

執事長のあまりに意外な一言に、ダリアは一瞬思考が停止する。

「え？　協力……してくれるんですか？」

「入団試験は皇都で行われると聞《き》き及《およ》んでいます。となれば、皇都へ行きたいのですよね？　しかし奥様の耳に入れば、きっと阻止《そし》されてしまうでしょう」

「そうなんです！　あのクソば……お義母様《かあさま》には絶対止められると思います。騎士団に入るとバレ……わかったら反対されるでしょう」

反対されるどころか、恥《はじ》知《し》らずだなんだと罵《ののし》られて部屋に監禁《かんきん》されることが目に見えている。

皇都から帰ってきた継母たちは、ダリアを虐めるタイミングを見計らっていた。しかしダリアが波風を立てないよう、部屋に籠《こも》っていたことで上手く回避《かいひ》できている。今回の件が知られでもしたらダリアを虐める最高の口実になるだろう。

「ご安心ください。密《ひそ》かに馬車の手配をしますゆえ」

「いいのですか⁉」

ダリアは執事長の提案に食いつく。

「でも、もし手伝ってくれたことがクソば……お義母様に知られでもしたら、執事長が危険では」

「私は今まで、何ひとつダリアお嬢様のお力になれませんでした。もう後悔《こうかい》はしたくないのです」

「執事長は何も悪くありません。お父様やお義母様からの圧力があったのでしょう？」

「ダリアお嬢様……痛み入ります」

恭《うやうや》しく頭を下げる執事長に、今協力してくれるなら、過去なんてどうでもいいとダリアとしては思う。

決行は三日後の夜。屋敷から少し離れた場所に馬車を用意するということで話はまとまった。

「執事長。おかげで無事に皇都へ行けそうです。貴方がいなければ、私はこの家の馬を借りて、気合で行こうと考えていました」

「ダリアお嬢様は、乗馬の経験がおありで？」

「いえ、ありません。ですが馬と心を通わせればいけるかなと思ったんです」

ダリアの自信満々だけどとんちんかんな返答に、執事長は一瞬目を丸くして苦笑《くしょう》する。

「それは、少々無謀《むぼう》でございましたね……お声がけするのが間に合って良かったです」

安堵したような表情を浮かべる執事長を見て、ダリアはどれだけ自分が無計画であったかを反省した。

「では三日後、健闘《けんとう》を祈ります」

「ありがとうございます」

「……ダリアお嬢様」

部屋を出る前に、執事長は改まった様子でダリアに質問した。

「旦那様のことを恨んでおられますか？」

ダリアはもちろんだと即答《そくとう》したかったが、執事長のどこか悲しげな表情に、言葉を詰《つ》まらせる。

「先ほどのお言葉、一部訂正《ていせい》させてください。私は一度も旦那様から圧力をかけられたことはありません。確かにダリアお嬢様の母君が亡くなられてから、旦那様は変わられました。ですがそれは……ダリアお嬢様を愛しておられたからです」

執事長の話は嘘だろうと思った。ダリアのことを考え、大切にしようと思うなら、継母たちに虐められているのを無視するはずがない。

「今更《いまさら》何を……」

「都合のいい話だとわかっています。ですが旦那様はずっと、ダリアお嬢様のことを考えておられます」

万が一、本当だったとしたら、きっとゲームのダリアは喜ぶのだろう。最期《さいご》まで家族の愛を求め続けていたのだから。

「すぐには信じられませんが……話していただきありがとうございます」

ダリアとしての記憶が脳裏《のうり》に過《よぎ》ったからだろうか。今のダリアには、怒りや悲しみ、苦しみといった感情が渦巻《うずま》いていた。


三日後の夜。ダリアはいつも通り男装をして腰に剣を佩《は》いた。もう二度とこの家に戻るつもりはない。

（この部屋も今日で最後か。こうして見ると寂しく……はねえな別に。ウチはこんな狭《せま》い空間で悪役令嬢として生きるなんてまっぴらだ！　見てろよ、騎士団に入って乙女《おとめ》ゲームの世界なんかぶち壊《こわ》してやる）

ダリアは振り返らずに扉を開け、廊下に誰もいないことを確認してから部屋を後にする。執事長に指定されたルートを通って屋敷の外を目指したが、その途中で最悪の事態が起きてしまった。

「こんな時間に何をしているの？」

まるで待《ま》ち伏《ぶ》せしていたかのように、ダリアの前に継母が現れたのだ。その後ろにはダリアの専属侍女が控《ひか》えていて、ざまあみろと言いたげな表情を浮かべている。

「奥様、私の言った通りでしょう。最近のダリアお嬢様の行動が目に余ると……奥様たちが不在の間もこのように屋敷をうろついていたのですわ。使用人に対しても厳しく当たってきて……私は注意したのですが、耳を貸そうともしなくて」

「私もこの目で見るまで信じ難《がた》かったけれど……そのようなみっともない格好をして屋敷を歩き回っているなんて、恥ずかしい。今すぐ私の部屋に来なさい。仕置きを与えます」

ここで継母に大人しくついていけば、二度と逃げ出すチャンスは巡ってこない。ダリアとしても引く気はなかった。

「お義母様に話すことは何もありません」

「……何？」

継母は鋭くダリアを睨《にら》みつけるが、その視線に怯むダリアではもうない。

「私が何をしようがお義母様には関係ありませんのに、なぜここまで干渉《かんしょう》してくるのですか？　別に実の娘のように扱《あつか》うわけでもなかったでしょうに」

「まさか、私に楯突《たてつ》く気？」

「我慢の限界、とでも言いましょうか。お義母様の言う通りにするのが馬鹿らしくなりまして」

ダリアの言葉に腹を立てた継母が手を振りかざす。気に入らなければすぐに手をあげる、幼少期の頃から変わらないやり方だった。

――パンッ。

ダリアの頬を打つ音が廊下に響き渡る。

「そんな目で私を見るな！　ここまで誰が育ててきたと思って……」

「てめえに育ててもらった覚えはねえよ」

「……え」

思い切り頬を叩かれた弾《はず》みでダリアの口の端《はし》が切れる。それを皮切りに、ダリアは指をポキポキと鳴らした。

「お義母様、親子喧嘩《げんか》っていうのは一方的にやるものじゃありませんことよ」

「な、何を言って……私はただ躾《しつ》けているだけなのよ」

継母はいつもと様子の違うダリアに戸惑《とまど》いの色を浮かべ、一歩後ろに下がる。

「何を突っ立っているの？　早くダリアを押さえつけなさい」

侍女は継母の言葉でダリアを捕《つか》まえようとした。しかしダリアは軽々と躱《かわ》して侍女の胸《むな》倉《ぐら》を掴む。

「お灸《きゅう》をすえてやったのに、まだ足りねぇみたいだな」

「……ひっ」

わざと継母に向けて侍女を突き放す。バランスを崩《くず》した侍女は継母を巻き込んで倒れ込んだ。

（こんな弱っちい相手をダリアは恐れていたのか？）

尻もちをついた継母は恥ずかしさを隠すように声を荒《あら》らげ、ダリアを責め立てる。

「お前は私に何をしたかわかっているの⁉　誰か！　今すぐこの小娘《こむすめ》を捕《と》らえなさい！　牢屋《ろうや》に閉じ込めて……」

「こんな夜更《よふ》けに何を騒いでいる」

応援を呼ばれたら厄介だなとダリアが思ったところに、今度は父親が姿を現した。

「旦那様、ダリアが私に暴力をふるったのです。ここまで必死に育ててきた恩を仇《あだ》で返されて……どうかダリアが改心するよう罰をお与えください」

「先に手を出したのはそちらじゃないですか。その証拠にこの怪我を見てください」

ダリアの口の端は切れて血が出ているが、継母は尻もちをついただけで怪我がない。どちらが被害者《ひがいしゃ》かは一目瞭然《いちもくりょうぜん》だ。

だがダリアの主張に父親は何も言わない。いつものように見て見ぬふりか……とダリアが半ば諦《あきら》め、その場から立ち去ろうとした時だ。

「ダリア、お前は当面の間、この家を出なさい」

「えっ⁉」

「旦那様⁉」

ダリアと継母がそれぞれ驚くも、父親は意に介《かい》さずダリアに告げる。

「執事長に手配させる。ついてきなさい」

継母はわけがわからない様子だったが、父親に異を唱えることはできないようだ。ダリアを睨みつけながら悔しげな様子で侍女の手を借りて立ち上がる。ダリアはそんな継母を横目に父親の後をついていった。

(まさかウチを助けた？　どういう風の吹《ふ》き回しだ？)

とはいえこれまでがこれまでなのだ。大人しくついていくわけにもいかず、ダリアは逃げるタイミングを見計らう。

「逃げる必要はない」

ダリアの考えていることがわかったのか、父親は前を向いたまま口を開いた。

「お前の話は執事長から聞いている。皇都へ行きたいのだろう」

「どうして……」

(執事長はウチの味方じゃなかったのか？)

どこまで父親が事情を知っているのかわからず、ダリアは返答に窮《きゅう》する。

「私を監禁するおつもりですか」

「そうしたら、騎士になることを諦めるのか」

(やっぱり知って……)

すべてをわかっていてあの場から連れ出した、ということか。ならばダリアも腹をくくる。こんなところで足止めを食《く》らうわけにはいかない。

「いいえ、諦めません。どんな手を使ってでも皇都へ行きます」

「なら、止める必要もないだろう」

「え……」

ダリアからは前を歩く父親がどんな顔をしているのかわからなかったが、どこか温かみのある声音《こわね》に気分が悪くなった。

「今更、父親面《づら》なんかすんじゃねぇよ。これまで散々見て見ぬふりをしてきたくせに」

父親はダリアの言葉に立ち止まると、ゆっくり振り返ってダリアを見た。

「……そうだな。お前の言う通りだ」

あっさり非を認めた父親に、ダリアはそれ以上何も言うことができなかった。これまで虐《しいた》げられてきたダリアのためにも、もっと詰《なじ》る言葉はあっただろう。しかし、初めて見せた父親の哀切《あいせつ》のこもった表情を前に、ダリアはどうしてか泣きたい気持ちに襲われる。

それは怒りからなのか悲しみからなのかはわからなかったが、父親の前で涙《なみだ》を見せる失態を避《さ》けたかったダリアは、ぐっと拳を握りしめる。

「急ごう。執事長が待っている」

父親に先を促《うなが》され、ダリアは「うっせ……」と聞こえないように呟きながら、後をついていくのだった。

「旦那様、ダリアお嬢様！」

屋敷の外に出ると、執事長が馬車と共に待機していた。ふたりで現れたことに、安心した様子だ。いつもの調子を取り戻したダリアは、執事長に礼を告げる。

「執事長、お世話になりました」

「とんでもないことでございます。私こそ、勝手にお嬢様のことを旦那様にお話ししてしまい、申し訳ございませんでした」

ダリアはうなだれる執事長に「気にしないでください」と告げると、改めて父親と向き合った。

「私は必ず騎士になります。この家に戻るつもりもありません。この先、アグネス侯爵家がどうなろうと知ったことではありませんが、ひとつだけ忠告です。このままお義母様を放っておくつもりですか？　せめて当主としての役割は果たすべきではないでしょうか」

へデラの暗殺未遂《みすい》に継母が関与している。父親もそうであるという確証はないが、言外に騎士になることを認めてくれた父親へ、せめてもの餞別《せんべつ》のつもりだった。

「……元気でな」

肯定でも否定でもない。最後はダリアを案じる言葉を放った父親に、ダリアは背を向けた。どんな顔をしていいかわからなかったからだ。

ダリアが乗り込むと、すぐに馬車が走り出す。こうして、ダリアの新たな人生が幕を開けたのだった。

馬車は順調に皇都へと向かっていた……と言いたいところだが、ダリアはイライラしていた。

（一日の大半を馬車で過ごすのってすっげえストレスだな⁉）

狭い車内でじっとしているのは性《しょう》に合《あ》わず、かといってトレーニングしようにも、揺《ゆ》れがあって思うようにできない。何かストレス発散できることはないかと立ち上がった時、突然馬車が止まった。その衝撃《しょうげき》で、ダリアの体は座面に打ち付けられる。

「ってえな！　なんだよこの荒い運転は……」

「ひいっ！　ぞ、賊《ぞく》が……」

（族⁉　この世界にも暴走族的な奴がいんのか？）

ダリアが好奇心《こうきしん》いっぱいに外に出ると、いかにもな男集団にナイフを突き付けられ、腰を抜かしている御者《ぎょしゃ》の姿があった。

「おっ、銀髪に赤い瞳のガキ……こいつで間違いねえ。見目がいいのにもったいねえな。高く売れそうなのに」

「お頭《かしら》、今回は殺しですよ。高い報酬《ほうしゅう》が待っているので絶対に成功させせないと」

「当然だ。運が悪かったな、ガキ。お前には今から死んでもらう」

男たちはダリアを見るなり、すぐさまナイフを向けた。どうせ継母が仕組んだことだろうと思いながらも、ダリアはこの状況《じょうきょう》に少しだけ感謝していた。

「ちょうど体が鈍《なま》ってたんだ。お前ら、いいタイミングで現れてくれて最高だな！」

ダリアは馬車移動の苦痛を発散できる相手を見つけ、嬉しそうに笑った。剣を抜き、男たちに果敢に切りかかる。

「威勢《いせい》がいいじゃねぇか。だがその細腕《ほそうで》でこの人数を相手にできるのかぁ？」

男たちの下卑《げび》た笑いに、ダリアの中の元不良の血が騒いだ。

「上等だ。お前ら全員覚悟しろよ」

ようやく訓練の成果を見せる時が訪れ、ダリアは身軽な動きで相手を翻弄《ほんろう》する。力だけが取《と》り柄《え》の男たちとの実力差は歴然で、あっという間に勝負がついた。

「はあ～、やっぱ体を動かすって楽しいな。それで、誰の差し金だ？」

「す、すみません！　あんたを殺せという依頼《いらい》だけがあって……」

男たちは依頼主についてよくわかっておらず、誰の仕業なのかは結局わからずじまいだったが、ダリアはそんな彼らにダメ出しをする。

「お前らよく聞け。いいか？　族っていうのは、部外者の指示で動くもんじゃねえんだよ。

一般人《いっぱんじん》を巻き込むのも論外だ。族は族同士でやりあわねえと筋が通らねえだろ？　ましてや人の命を奪おうとするなんて……海賊《かいぞく》とかの賊じゃあるまいし」

「はい……もうしません」

男たちは正直なところダリアの話を理解しているわけではなかったが、逆らわない方がいいと本能的に感じ取ったのかわかったフリをしていた。

「普通は負けたやつを傘下《さんか》に入れるけど、ウチはまだチームを作ってねぇからな……」

ダリアは真剣《しんけん》に男たちをどうするか悩んでハッとした。

（いや、何この世界でもチームを作ろうとしてんだよ！）

騎士になるという本来の目的を忘れていたダリアはぶんぶんと首を振る。これ以上男たちが悪さをしないようにと馬車に積まれていた緊急時用《きんきゅうじ》の縄で体を木に巻き付けた。

「これでよしっ、じゃあ……」

「随分《ずいぶん》と派手にやったみたいだね」

「えっ……」

振り返ったダリアの前に颯爽《さっそう》と現れたのは、変装姿のヘデラだった。

「なんで、ここに……」

驚きに目を白黒させるダリアに、ヘデラは乗っていた馬から下りて近づいてくる。その後ろから、アジュガも遅《おく》れてやってきた。

「こんにちは、ダリア嬢」

「こんにちは……じゃないですよ！　どうして……皇宮に戻ったばかりでは」

「ああ、君が無事に皇都へ辿り着けるか心配で来たんだ。けれど杞憂《きゆう》だったみたいだね」

ヘデラはチラッとダリアが倒した男たちに視線を向ける。

「お手柄《てがら》だね。彼らはこの辺りでは有名な賊みたいだよ」

「そうなのですか？　あまり強くなくて良かったです」

「それなりの狼藉者《ろうぜきもの》とは聞いていたんだけれど」

「信じられない……本当に彼女が倒したのですか？　後ろに控えているアグネス侯爵家の騎士ではなく？」

（うん……？）

アジュガの聞き捨てならない一言に、ダリアは後ろに視線を向ける。すると、見覚えのある侯爵家の騎士数名が姿を現した。

（なっ……つけられていたのか⁉）

ぎょっとするダリアをよそに、彼らは一斉《いっせい》に剣を構える。

「何者だ。すぐにダリアお嬢様から離れろ」

騎士はヘデラたちに敵意を向けているようで、ダリアは慌てて剣を下ろすよう騎士たちに伝える。

「彼らは敵ではありませんので、剣を下ろしてください」

「しかし……」

「聞こえませんでしたか？　剣を下ろせと言ったのです」

ダリアの二度目の命令に、騎士たちはビクッと肩《かた》を震わせ、大人しく従った。いくら知らないとはいえ、皇子に剣を向けるなどとんでもない事態だ。ダリアは即座《そくざ》に謝る。

「大変失礼をいたしました！」

「構わないよ。君を心配してのことなのだから」

ヘデラは笑顔で応えると、騎士たちに視線を向ける。すかさずアジュガが騎士たちに向けて居丈高《いたけだか》に告げた。

「お前たちが剣を向けたのは、この国の第一皇子ヘデラ殿下だ。道中危険がないようあえてお姿を変えられているが、お前たちごときがお言葉をかけていい相手ではない。身《み》の程《ほど》をわきまえろ！」

そうしてアジュガは、皇族の紋章《もんしょう》を掲《かか》げた。まさかこの場にやんごとなき御方がいるなどと想像もしていなかった騎士たちは、すぐに頭を下げ平身低頭謝罪する。

「も、申し訳ございませんでした!!」

「私は大丈夫だから頭を上げて。そうだ、君たち、侯爵に伝えておいてくれるかい？　ダリア嬢は責任をもって皇都に連れていくから安心してほしいって」

「しかし我々は、ダリアお嬢様を皇都まで護衛するように仰せつかっておりまして……」

（はぁ？　クソ親父《おやじ》、この間からいったい何なんだ？）

まさか護衛と称《しょう》して後をつけられていたとは知らず、ダリアの怒りは一気に頂点に達した。

「護衛など必要ねぇ……ありません！　今更父親ぶるんじゃ……らないでください迷惑《めいわく》ですと、お伝えください‼」

うっかり素が出そうになるのを堪《こら》えながらダリアは訴《うった》える。騎士たちはどうしたらいいのかわからないようで、互《たが》いに顔を見合わせていた。

「先ほども言ったけど、ダリア嬢には私がついているから。侯爵によろしく伝えてくれ」

ヘデラのダメ押しに、騎士たちはそれ以上どうすることもできず、頭を下げるとその場を退いていった。

「やけに素直に家から出したと思ったら、監視されていたなんて」

このまま気づかなければ、逐一《ちくいち》父親に自分の行動を伝えられていたかもしれないと思うとゾッとする。

（やっぱ継母とグルだったのか……？）

恐らく賊を使ってダリアを殺そうとしたのは継母だろう。しかし継母と父親が繋《つな》がっているなら、護衛の騎士たちをつけた意味がわからない。

家ではいないものとして扱われてきたのに、なぜ出ていこうとするとこんな目に遭うのか。ダリアは大きなため息を吐いた。

「少なくとも、侯爵は君の行動に反対しているわけではなさそうだから、大丈夫だよ」

「そう、ですかね……」

ヘデラにそう言ってもらったことで気がまぎれ、今は皇都に行くことだけを考える。気合を入れ直して顔を上げたタイミングで、ヘデラの指がダリアの口元へと触れた。

「怪我、してるね」

「っ‼」

先日継母に殴《なぐ》られた時の傷だ。心配そうに見つめられ、ダリアはドキッと胸が高鳴る。

（これは心臓に悪すぎる……！　さらっとこういうことができるあたり、さすが人気の王子様キャラ！）

ダリアが脳内でパニックを起こしている間に、ヘデラが再び口を開いた。

「こいつらの仕業？」

先ほどよりも声のトーンが落ちる。表情は柔らかいままだったが、どこか怒っているようにも見え、ダリアは背筋がゾクッとした。

「違います、この怪我は違う時にできたもので……彼らには傷のひとつもつけられていません」

「そっか。ちなみに誰に負わされたの？」

「えーっと、これはなりゆき……というか……」

（これ、絶対言わない方が良いと思うのは気のせいか？）

なぜか今のヘデラを見て危険を感じたダリアは、継母の名前を口にしないようにした。

「とにかく、私は平気ですので！」

「そっか。君がそう言うのならこれ以上は何も訊《き》かないよ」

ヘデラは少し残念そうにしていて、気まずくなったダリアは話を変える。

「じゃあ私は皇都に向かいますね……っと、馬車……馬車かぁ……」

ダリアはまた馬車での移動が始まるのだと思うと、急に気が重くなった。

（皇都まであとどのぐらいだ？　このまま箱詰《はこづ》め状態なのは気が滅入《めい》るよ。あぁ……ウチも馬に乗れたらなぁ……）

ダリアは恨めしそうにヘデラたちの馬を見ていたようだ。

「馬、興味あるの？」

「えっ、そ、うですね……外の風を全身で浴びられて気持ちいいんだろうなと。でも私は乗ったことがないので……」

「一緒《いっしょ》に乗ろうか？」

「いえ！　結構です！」

とんでもない！　とダリアはすぐに断る。ヘデラと密着状態になるなど考えられない。

「遠慮《えんりょ》しないで。皇都はもう目と鼻の先だから」

ヘデラはにこっと爽《さわ》やかな笑みを浮かべると、アジュガにすぐさま指示を出す。

「アジュガ。ダリア嬢が悪党を捕らえてくれたんだ。責任をもって近くの町まで連行するように」

「御意《ぎょい》に。ですがあの、殿下は……」

「私はダリア嬢と先に皇都へ向かうよ。そうだ、悪党たちは馬車内に突っ込んで移動すれば手間も省けるね」

「かしこまりました。馬車はその後、アグネス侯爵家にお戻しすればよろしいのですね」

「理解が早くて助かるよ。よろしくね」

「え？　え？」

ダリアはふたりの会話についていけず、アジュガに救いを求める目を向けてしまった。

アジュガはヘデラの命令に逆らうことはなかったが、ダリアに敵意むき出しの視線を向けてくる。ヘデラに近づくなと言わんばかりだ。もはやダリアに口を挟《はさ》む隙はない。

（あ～完全に敵認定《にんてい》されてるみてぇだな。ヘデラの言うことは絶対だもんな。そのうちアジュガと剣を交える日が来るかも。こりゃ負けられねえぞ）

今世ではゲームのように易々《やすやす》と殺されるつもりはなく、むしろアジュガに膝をつかせてやるとダリアは心の中で意気込む。

「じゃあ、私の馬に乗ろう。乗馬は初めてだよね？」

「いやいやいや、ですから殿下と一緒に乗るのは……」

「大丈夫。絶対に君を落とすことはないから。前と後ろ、どっちに乗りたい？」

ダリアの意思は丸無視で、結果的にダリアはヘデラと馬に同乗することになった。さすがに前に乗って背後を取られるのは嫌だったので、ヘデラの後ろに跨《また》がる。腰に手を回すのは気が引けるので、ヘデラの肩に手を置いた。

「さすがにそれじゃ、危ないよ。ほら、しっかりと腰に手を回して」

（うぎゃ！）

ヘデラはダリアの腕をつかむと、密着するように腰に回す。そういえば、乙女ゲームのスチルでも王子と馬に乗る場面があったな……と思い出す。乙女心を隠していた香織にとって、やはり王子様とふたり乗りというシチュエーションには憧《あこが》れたりもしたものだ。

大人しくなったダリアに、ヘデラは一瞬クスっと笑った後、「動くよ」と言ってゆっくり馬を走らせた。

「気持ちいい……！」

「初めての乗馬とは思えないほど上手く乗れてる」

「恐れ入ります。その……殿下がお上手なので」

ふたりで馬に乗るというのにも、コツがいるらしい。確かにリズムを合わせないとしがみつかれる側にも負担がかかるのだろう。だがヘデラの広い背中は安心感があり、しっかりと体を密着させていれば全く怖さを感じなかった。

(なんか、こうやって走ってると懐《なつ》かしい記憶が蘇るなあ……前世では馬じゃなくてバイクだったけど。こんな風に雅の後ろに乗ったこともあったっけ)

ダリアは今の状況が前世と重なり、ふいに過去を思い出す。

(あのバイクは今、どうなってんのかな。ウチの相棒だったからな)

お気に入りだったバイクは香織が亡くなった後、乗り手がいなくなったため廃車《はいしゃ》になっているのだろうな、と思うと唐突《とうとつ》に悲しみが押し寄せた。

(ウチはやっぱ、死んだんだな)

鼻の奥がツンとする。この状況は、どうにも良くない。

「……また一緒に走れて嬉しいな」

「えっ」

ぼそりとしたヘデラの呟きに、ダリアは感傷から一気に引き戻される。

(また……? 〝また〟って言わなかった?)

聞き間違いかと思い体勢をどうにか変えてヘデラの顔を探るように見るも、「危ないよ」とやんわりとたしなめられてしまう。

（ヘデラの背中……まるで雅みてぇだな……）

なんとなくそれ以上聞くのは躊躇《ためら》われ、聞き返すこともできなくなったダリアは、ヘデラの背中に自分の身を預けるのだった。


そうして何度か休息を挟み、無事皇都に到着《とうちゃく》することができた。

「ここが皇都……」

華《はな》やかな町はたくさんの人で溢れていて、アグネス領内の町以上に活気に包まれている。

（さすが皇都。前世でいう首都だな）

ダリアは目を輝かせ、皇都を巡りたくてうずうずしてきた。

その様子に気づいたのか、ヘデラがダリアに耳打ちする。

「まだ余裕があるし、少し案内しようか？」

「良いんですか？」

ダリアはキラキラと目を輝かせてその提案に食いつく。

「俺も皇都の様子を久しぶりに見てみたいと思っていたところだから」

「嬉しいです……！」

まずはダリアが泊《と》まる予定の宿に荷物を置き、ふたりは皇都散策に出かける。

昼時でお腹《なか》を空かせていたダリアは、さっそく屋台の並ぶ通りにやってきた。

「わあ、すごい美味《おい》しそうなお店がいっぱい！」

「食べ物に夢中になりすぎてはぐれないようにね」

「子ども扱いしないでください」

ヘデラの注意に一瞬ムッとしたが、すぐに別の屋台に興味を惹《ひ》かれる。

「あっ、わたあめ！」

先日、アグネス領の町で食べたふわふわあめを見つけ、ダリアは子どものようにパッと表情を明るくさせた。

「確かふわふわあめだっけ？　皇都でかなり流行《はや》っているらしいね」

「あっ！」

ヘデラの注釈《ちゅうしゃく》に、ダリアは前世の名称《めいしょう》で話していたことに気づき、思わず大きな声を上げる。

「どうしたの？」

「いえ、ふわふわあめでしたね。アグネス領でも人気でした」

「ああ、わたあめって呼ぶ国もあるらしいよ。他にもわたがしとか、色々」

「そうなんですか!?　たくさん呼び方があるんですね。……良かった」

最後の一言はヘデラに聞こえないようにぼそりと呟く。同じ名称があるならダリアがわたあめと呼んでも特に問題はなかったのだろう。

ヘデラは挙動不審《ふしん》なダリアに一瞬きょとんとした顔をするが、わたあめの屋台を指し示す。

「それじゃあ、食べてみる？」

「いえ！　私は違うものを……」

「ふぅん……いいの？」

やけにヘデラが食い下がってくる。

「今のダリア嬢は、何が好きなのかな？」

「‼」

（そうだった、今はもうダリアの体なんだし、別に隠す必要ねえよな）

「やっぱりあれにします。私、実は甘いものが大好きなんです」

「そっか。じゃあ買いに行こう」

ダリアは色付きのわたあめを手にし、嬉しそうにぱくつく。ヘデラはその様子をにこにこと見てくる。ヘデラにじっと見つめられ、ダリアは気まずくなった。

（そういえばヘデラは何も食べなくていいのかな。やっぱ毒見なしだと食べられねえとか？）

乙女ゲームのしがない中世知識でしかないが、皇族は出されたものを毒見がいないと食べられないことは知っている。しかし、食べている様子を物欲しげに見つめられる、というのはこちらが気まずい。とうとう視線に耐《た》えられなくなったダリアは口を開いた。

「殿下は何も召《め》し上がらないのですか？」

「美味しそうに食べる君を見てるだけで満足だからね」

「見てるだけじゃなくて、食べたら絶対美味しいのに、残念です」

「なら、少しもらおうかな」

「え……」

ヘデラはダリアの手を摑み、そのままダリアの食べていたわたあめを口に運ぶ。ふたりの距離がグッと縮まり、ダリアは一瞬頭が真っ白になった。

「……うん、甘いね」

（……絵面が強っ‼）

「ダリア嬢？」

「い、いえ……！　ほんとに甘くて美味しいですよね」

ダリアは不覚にもドキッと胸が高鳴った。前世から恋愛経験がほぼなく、このように異性に距離を縮められることに慣れていないのだ。

（ヘデラって少し距離感がおかしくねえか……？　まあ、距離感バグ男の雅に比べれば可

愛いもんだけど）

　ヘデラといると、ダリアは何かと雅のことを思い出す。香織にとっての雅はあくまで、相棒のようなものだったからあまり異性として意識したことはなかったけれど。

「そろそろ日が暮れてきたし、帰ろうか」

「そうですね」

　つい時間を忘れて満喫《まんきつ》してしまったダリアだが、その一言で現実へと引き戻される。明後日《あさって》には、皇室騎士団の入団試験が始まるのだ。

　ヘデラはダリアを宿の近くまで送ってくれた。

「しばらくは忙《いそが》しくなるだろうし、次に会う時は君が皇室騎士団に入団した時かな」

「そうだと良いですね」

「大丈夫。君は必ず入団できるよ」

　ヘデラの言葉に、ダリアの心は勇気づけられた。

「……ありがとうございます」

　安堵したためか、無防備な素の笑みがこぼれる。すると、きゅっと息を呑んだヘデラが、またもするりとダリアの頬を撫でてきた。

「!!　だっから！　いきなり触んな……触らないでください！」

　ヘデラはどうやら別《わか》れ際《ぎわ》にダリアに触るのが癖《くせ》らしい。ダリアは真っ赤な顔をして自分の頬を押さえる。ヘデラはダリアの崩れた口調に満足そうに笑みを浮かべると「じゃあね」と言って去っていった。

部屋に入るなり、ダリアはベッドに横になった。

「……なーんか変なんだよなあ、ヘデラ」

乙女ゲームをプレイしていた時に思っていたヘデラのイメージと同じようで、どこか違う姿に、ダリアは違和感《いわかん》を募らせていた。

(こう、なんというかそもそもダリアは悪役令嬢なんだし、ヘデラに親切にしてもらう義理がねぇんだよな。むしろヘデラといると……ほんとになんでここでアイツが思い浮かぶんだよ。んなわけねえのに)

ダリアはヘデラを見ていると既視感《きしかん》を覚え、どことなく雅と重ねてしまうのだ。

違うはずなのに、どこか似ている……前世でプレイしてる時はそんなこと思わなかったのに、とヘデラについてあれこれ考えていたが、皇都に到着するまでの疲《つか》れが溜《た》まっていたのか、気づけばあっという間に眠《ねむ》りに落ちていた。

そうして、ついに入団試験当日がやってきた。

ダリアは緊張《きんちょう》以上にわくわくした気持ちで会場入りするが、途端《とたん》に周囲からの視線を浴びてしまう。

目は口ほどに物を言うとはよく言ったもので、それはまるで、『なぜ女がいるんだ』と視線で訴えているようだった。

（女ってだけでこんな目で見られんのかよ）

ダリアは想像を超《こ》える男尊女卑《だんそんじょひ》の空間に、心の中で大きく舌打ちをした。

「お嬢ちゃん、試験に参加する父親か兄弟の応援に来たのかな？　それなら観覧席はあっちだよ」

ガタイの良い男に声をかけられたが、ダリアは怯むことなく堂々と返す。

「いいえ。私は試験を受けに来ました」

ダリアの発言に周囲のざわめきが広がった。

（うっせえなあ……）

ダリアは今度こそ舌打ちをしそうになったが、騒ぎを起こすべきではないと我慢する。

「ここは女が来る場所ではないぞ？」

同じく試験を受けに来た輩《やから》に聞こえよがしに嫌味《いやみ》を言われるが、無視して受付を済ませた。

受付の人も戸惑っていたが、そもそも応募要項《おうぼようこう》に女性が試験を受けられないという記載はないため、受諾《じゅだく》せざるをえなかったようだ。女性が受けに来るわけがない、という固定観念がダリアの味方になってくれた。

「あいつだろ、鳴り物入りの息子《むすこ》って。いいよな、その肩書《かたが》きだけで合格できんだから」

「合格が決まってるってことか？　羨《うらや》ましいもんだ」

試験が始まるまで広場に待機している受験者の中で、ダリアとは別に異様な目で見られている人物がもうひとりいた。

広場の隅《すみ》の方で腕を組みながら立つ少年だ。

（いつの時代にも、勝手なことを言う奴らがいんだよなあ。親の七光りだろうがなんだろうが、実力のねえやつに騎士団員が務まるわけねえのに）

ダリアは気になって、少年に声をかけてみることにした。

「あの、すみません」

目を閉じて集中力を高めていたのか、ダリアの声に少年は不審げに顔を上げる。

艶《つや》のある赤茶色の髪に、色素の薄い青い瞳。彼と目があった途端、ダリアは思わず声を上げた。

「おまっ……!!」

「……？」

少年の名はシラン・マーデル。公爵家《こうしゃくけ》の次男で、当主は皇室騎士団の団長。そして

……彼も乙女ゲームの攻略対象のひとりである。団長の息子だからとあれほどまでに噂されていたのだ。シランは訝しげにダリアを見つめる。

「なんだ？」

「い、いえ……」

シランのルートに悪役令嬢のダリアは登場しない。しかし、香織としては団長の息子として周囲の圧力を受けながらも、果敢に騎士団長に上り詰めていく彼のルートが大好きだった。前世の香織同様、トップを目指す姿に感銘《かんめい》を受けたのだ。

今世ではダリアもトップを目指すだけに、彼とはライバルになるだろう。お互い切磋琢《せっさたく》磨《ま》して剣の腕を磨けるなんて、最高の展開では？　とダリアは奮起《ふんき》した。

「試験受けるんですよね？　私はダリア・アグネスです。よろしくお願いします！」

ダリアはしっかりとシランを見つめ、手を差し出した。

「……あまり俺と関わらない方がいい」

しかしシランの反応は冷静だった。

（そうそう、シランはこういうクールキャラなんだよな！）

そんなふたりのやり取りを、周囲が白い目で見ている。口々にふたりを揶揄《やゆ》するような言葉を吐《は》いていた。

「……女性が騎士を目指すのって、それほどおかしいことなのですかね」

ダリアはうんざりしたようにシランに尋ねた。

周囲から非難されているというのに、まったく気にしていないダリアの表情は明るく、シランの目にはそれが不思議に映っていた。

「隣国《りんごく》では、女性騎士も活躍《かつやく》していると聞く。この国は男の立場が強いが、他の国では女性が王位に就くこともある」

遠回しな言い方ではあったが、否定でもないシランの物言いにダリアは微笑んだ。

「そう！　結局は実力ですよね。私、試験が楽しみなんです。周囲を圧倒《あっとう》する実力を見せつけた時の、私をバカにしていた人たちの反応が楽しみだなって」

「俺もそう思う」

ボソッとシランが呟くように同意する。

「負け顔を拝んでやりましょう！」

ダリアの言葉にシランはふっと笑みをもらす。

その挑戦的《ちょうせんてき》な笑みに、ダリアはきゅんと胸が高鳴った。

(なんだ今の笑み、かっけえ！　生で見るクールキャラも良いな)

ゲーム通りの表情を見られて、ダリアは絶対に試験に受かってやろうと気合を入れる。

かくして、その後行われた入団試験で、ダリアとシランは見事合格を果たすのだった。

第三章

皇室騎士団《こうしつきしだん》とは、国を代表する騎士団である。

皇室騎士団に入団することは騎士を目指す者にとっての名誉《めいよ》であり、実力者しか入れない狭《せま》き門だ。

それゆえ入団試験は困難を極《きわ》めるが、ダリアはそんな中で、初の女性入団者となったのである。

「ヘデラの特訓がなかったら難しかったかもなあ」

しかしダリア本人は試験内容に満足していなかった。今回の試験で圧倒的《あっとうてき》な実力を見せたのはシランで、ダリアは到底及《とうていおよ》ばないと感じてしまったのだ。

もちろんダリアも注目の的ではあったが、あくまで女性の割に実力がそこそこ備わっている、といった評価だ。合格するだけで満足してはいけないと、ダリアは今回の結果を重く受け止めていた。

入団式までまだ時間があったダリアは、皇都《こうと》に来ても鍛錬《たんれん》を欠かさず行っている。

ちなみに試験後にダリアの現状をシランに話すと驚《おどろ》かれた。

『宿に泊《と》まってる？　アグネス侯爵家《こうしゃくけ》は、皇都に屋敷《やしき》があっただろう』

『お恥《は》ずかしながら、家名を捨てるつもりで試験を受けに来たんです』

『……ああ、そういうことか』

女性は淑女《しゅくじょ》であるべき。その考えが染《し》み付《つ》いているこの国の事情を、シランもすぐに理解し、納得《なっとく》してくれた。

（シランは理解のある奴《やつ》だな！　いい関係を築けそうだ）

だからこそシランに負ける気はないと勢い込んでいたダリアがその日の鍛錬を終え、宿に帰ると人だかりができているのに気づく。

宿の前には高貴な人が乗るような馬車が停《と》まっていて、ダリアはいったい何事かと中に入るのを躊躇《ためら》っていると、宿からひとりの少年が出てきた。

「……見つけた」

「えっ」

よく見ると、それはシランだった。貴族服姿のシランは、試験会場で会った時とは雰囲《ふんい》気《き》がかなり違《ちが》っている。

「どうしてシラン様が」

「宿に泊まっていると聞いて色々不便だろうと思って……様子を見に来た」

シランはダリアから視線を外しながら、少し照れくさそうに話す。

心配してわざわざここまで来てくれたシランに感極《かんきわ》まったダリアは、うっかり素で礼を言う。

「サンキュー！　いやあ、お前っていい奴だな！」

「サンキュ……？」

シランに怪訝《けげん》な顔をされ、ダリアは慌《あわ》てて訂正《ていせい》する。

「あ……りがとうございます！　です！　あはは、シラン様はお優《やさ》しいのですね」

「別に。元気そうで良かった」

「それはもう元気です！　満足に体が動かせないのが少し不満な程度です。あ、もちろん鈍《なま》らないように最大限努力はしているのですが……」

「来るか？」

「えっ……」

「入団式まで客人としてマーデル公爵家《こうしゃくけ》で過《す》ごせばいい。それなら、その悩《なや》みを解決できるだろう」

（確かに、シランのところに世話になれるなら助かるが……）

ダリアは少しの間考えると、シランに訊《たず》ねた。

「大変ありがたい申し出ではあるのですが、わけアリの私がお世話になっても大丈夫《だいじょうぶ》なのでしょうか？　マーデル公爵家にご迷惑《めいわく》がかかるのでは？」

　いくらシランが女性騎士に理解があるとはいえ、家の人までそうとは限らないだろう。

　しかしシランは、クールに微笑《ほほえ》む。

「問題ない。むしろ、そっちが驚くかもな」

（シランがいいって言うなら……いいのか？）

　ダリアはシランの言う「驚く」がどういう意味なのかはわからなかったが、当てがないのも事実だったのでその誘《さそ》いに乗ることにした。

「では入団式までの間、お世話になります」

「ああ」

「ついでにシラン様と手合わせできたら嬉《うれ》しいです。一日も稽古《けいこ》を欠かしたくないので」

「……シラン」

「はい？」

「シランでいい」

　素っ気ない言い方だったが、それは同じ騎士団に入る仲間として認められたのだと、ダリアは受け取った。

「わかりました、シラン。では私のこともダリアとお呼びください」

「……呼ぶ機会があればな」

自分から近づいてきたのに突然《とつぜん》突《つ》き放《はな》すシランだったが、そこもクールな彼らしい、と、ダリアは笑《え》みをもらす。素直《すなお》になれない不器用な一面が、乙女《おとめ》の心をくすぐるのだ。

「きっと何度もあると思いますよ。私たち、同じ騎士団の仲間なので」

ニコニコするダリアに、どこか照れているようにも見えたシランは、すぐに真面目な顔になる。

「ずっとここにいては目立つ。急ぐぞ」

そうして、ダリアはシランと共に馬車に乗ってマーデル公爵家に向かうことになった、のだが。

「すっげえ……」

屋敷を訪《おとず》れたダリアは、その絢爛豪華《けんらんごうか》なたたずまいにただただ口を開けていた。

さすがは初代皇帝《こうてい》の弟から継《つ》がれている最古の家門であり、皇室に次ぐ権力を持つ家柄《いえがら》だ。アグネス侯爵家とは比べ物にならない。

「何している、早く行くぞ」

シランに声をかけられ、ようやく我に返る。

「私、本当に入って大丈夫なのですか？」

シランは何を今更《いまさら》とでも言いたげな顔をしながら、「当たり前だ」とダリアに告げた。

ダリアはまだ少し躊躇いつつも、屋敷の中に足を踏《ふ》み入《い》れる。

　エントランスには使用人が並んでいて、ふたりが姿を現すなり一斉《いっせい》に頭を下げた。

　アグネス侯爵家とは違い、礼儀《れいぎ》と活気に溢《あふ》れていてとても気持ちがいい。

「お待ちしておりました」

「えっ、と……」

（家の使用人にもこんな歓迎《かんげい》されたことないっての。リアクションに困る！）

　慣れないもてなしにあたふたしていると、シランが声をかけてくる。

「ここでは客人として扱《あつか》うように伝えてあるから、安心して過ごせば良い」

「シラン……何から何までありがとうございます！」

　公爵家の客間に案内され、これで入団式までの間、さらなる稽古が積めるとダリアは用意された紅茶を飲みながらわくわくしていた。

（そういえば、シランのルートに、もうひとり悪役令嬢《れいじょう》が登場するんだったよな……？）

　プレイした当時の記憶《きおく》をうろ覚えながらも掘《ほ》り起《お》こす。

　その人物とは、シランルートでヒロインの前に立ちはだかる姉のローズ・マーデル公爵令嬢。

　弟が好きすぎるあまり暴走し、ヒロインを虐《いじ》める、という役どころだが、中身はただのブラコンである。

（てことはもしかして……この屋敷にいるのか！）

ダリアは一大事ではないかと焦《あせ》る。ローズはかなり厄介《やっかい》なキャラで、弟が絡《から》むととにかく面倒《めんどう》だったのを思い出したのだ。

その時、タイミングよく部屋の扉《とびら》がノックされる。

ダリアが「はい」と返事をすると、入ってきたのは、ひとりの使用人。

「お初にお目にかかります。私はローズ・マーデル様の侍女《じじょ》でございます。ローズ様がご挨拶《あいさつ》をされたいとお客様をお呼びです」

(き、来た……！　まさか悪役令嬢のウチの前に悪役令嬢が立ちはだかるなんて！　ゲーム内ではルートが違うから絶対会うはずのないふたりが相見《あいまみ》えるとは！)

予想外の展開に少し興奮気味のダリアは、二つ返事で侍女の後についていった。

「ローズ様、お客様をお連れいたしました」

「入りなさい」

侍女と一緒《いっしょ》に、ダリアはローズの部屋に入る。

中はいかにも悪役令嬢らしい派手な内装で、高価な装飾品《そうしょくひん》だらけだ。

(ほおーん、さすがは公爵令嬢だな。金遣《かねづか》いの荒《あら》さが桁違《けたちが》いだ)

部屋に視線が行きがちなダリアに気づいたのか、ローズがわざとらしく咳払《せきばら》いをする。

「貴女《あなた》がダリア・アグネス嬢《じょう》ね？」

扇子《せんす》で口元を隠《かく》しながらも、シランと同じ青い瞳《ひとみ》がダリアに対して警戒心《けいかいしん》をむき出しにしてくる。

（アジュガといい、ローズといい……初対面のダリアに対してよくここまで敵意を見せてくるよな）

ダリアは呆《あき》れながらも、表情には出さないよう注意を払《はら》う。

「お初にお目にかかります。ダリア・アグネスと申します」

「ふーん……見た目はまあまあね」

（まあまあ？　この麗《うるわ》しい見た目をまあまあだって？）

香織としてはダリアの容姿がお気に入りだったため、ローズの言葉に若干《じゃっかん》の苛立《いらだ》ちを覚える。

しかしここは我慢《がまん》だと言い聞かせ、ダリアは笑みを崩《くず》さずにいた。

「それで？　貴女とわたくしの弟の関係を聞かせてもらえる？」

ローズは上から目線で扇《おうぎ》をバサッと広げ、ダリアに問う。まさにゲームで見た悪役令嬢そのものの横暴な仕草だ。

「私は今度騎士団に入団する、シラン様の仲間です」

「騎士……じゃあ貴女が皇室騎士団に入団が決まったという、初の女性騎士とやらなの？」

ダリアの言葉に驚きを見せたローズだが、すぐに冷静さを取《と》り戻《もど》し、ダリアを見下すような表情に変わる。

「淑女たるもの、騎士になるだなんて恥ずべきことだわ。しかも弟を仲間と誑《たぶら》かすなんて……男目当てで入ったとしか思えないわね」

するとローズは、あろうことか扇子をわざとダリアの方へと放り投げる。

「拾いなさい。この家にいたければ、わたくしに誠意を見せないと」

（この女《アマ》……！　ウチが大人しくしてりゃ付けあがりやがって）

ローズの態度にあっという間に堪忍袋《かんにんぶくろ》の緒《お》が切れたダリアは、床《ゆか》の扇子を拾い上げたかと思うと、あえてローズに近い位置でぽとりと落とす。

「申し訳ございません、私も落としてしまいました。ローズ様の方が近いのでご自分でお取りになった方が早いのでは？」

いけしゃあしゃあと返すダリアの中で戦闘《せんとう》のゴングが鳴《な》り響《ひび》く。

「なっ……貴女誰《だれ》に向かって」

「私は、ローズ様が敬意を払うに値《あたい》しない人物と判断いたしました。むしろ同じ女性を貶《けな》す貴女には軽蔑《けいべつ》の意を表します」

「今すぐ出ていきなさい‼　帝国《ていこく》で二番目に高貴な公爵家令嬢であるわたくしを侮辱《ぶじょく》してタダで済むと思って⁉」

「皇室騎士団とは、男目当てなどという軽い気持ちで簡単に入れるものではありません。

女性が騎士になることの何が恥ずべきことなのです？　私は騎士になることを夢見て訓練に励《はげ》み、入団試験に合格しました。皇室騎士団が権力に左右されない実力主義だというのは周知の事実です。それなのにそのような発言をなさるのは、皇室を侮辱しているも同然では？」

「まさか侯爵《こうしゃく》令嬢風情《ふぜい》が、このわたくしを脅《おど》しているの⁉」

今まで自分の思い通りに過ごしてきたのだろう。反抗的《はんこうてき》なダリアの態度にローズはわなわなと怒《いか》りの表情を浮《う》かべている。

「事実を述べたまでです。女性騎士の何がいけないのです？」

身分より何よりダリアが怒《おこ》っているのは、騎士になるのを侮辱されたことだった。

「おだまりなさい！　女性は淑女らしくあるべきなのよ！　男に媚《こび》を売って、社交界に何度も顔を出して人脈を作り、一生のほとんどを家の中で暮らす……それがこの国の貴族の女の生き方ですわ！」

「皇室騎士団に女がいてはならない決まりはありませんし、淑女であるべきという法もあるわけではありません。たとえ周りから反対されようと、私は自分がやりたい道を突《つ》き進《すす》むだけです」

「貴女、正気なの？　一生敬遠されて、結婚《けっこん》の話も来ないかもしれないのよ。将来が怖《こわ》くないの？」

「怖くありません。私は私のやりたいようにして、自由に生きたいのです。それに、政治で利用されるような結婚はまっぴらごめんです」

（そもそもウチは結婚する気もないし、むしろ好都合だな）

ダリアは騎士という道ほど素晴《すば》らしい未来はないと思っていた。

自分らしい将来の選択《せんたく》ができた上、煩《わずら》わしい政略結婚からも逃《のが》れられる。改めて考えてみても入団試験に合格できて本当に良かったと思う。

「は、はは……呆れた」

ローズの乾《かわ》いた声が部屋に響く。

ローズの様子がどこかおかしいことに気づき、声をかけようとしたダリアだが、それを遮《さえぎ》るように部屋にシランが入ってきた。

「ダリア！」

「シランっ……!?」

「あぁシランっ！　お姉様に会いに来てくれたのね！　本当に嬉しいわ。愛《いと》しのわたくしの弟！」

先ほどまでの悪役令嬢らしい振《ふ》る舞《ま》いから一転、ローズは嬉しそうにシランに駆《か》け寄《よ》りぎゅっと抱《だ》き着《つ》いた。

「はあ、可愛《かわい》い可愛いわたくしの弟！　今日もその澄《す》ました顔がクールでキュートだわ」

「姉上！　人前ではやめてくださいとあれほど……」

（いやいやいや！　ローズ、人が変わりすぎだろ⁉　想像以上のブラコンっぷりだな。てか、シランも人前じゃなきゃいいのか⁉）

「何よ貴女、その顔は」

シランを胸元《むなもと》に抱き寄せたまま、ローズにぎろりと睨《にら》まれる。どうやらダリアの内なる突っ込みが表情からもれ出ていたようだ。

「あっ、いえ、お構いなく～……」

ダリアはしれっと横を向く。一方、姉の腕《うで》から逃れたシランが咎《とが》めるように訊ねる。

「姉上、まさかダリアに何もしていませんよね？」

「はあっ、そんな怒ったところも最高に可愛いわっ」

「話を逸《そ》らさないでください」

あまり表情を崩すことのないシランの怒った様子に、ローズはデレデレになりながらも渋々《しぶしぶ》と口を開く。

「わたくしは別に何もしていないわよ。それに……わたくしに楯突《たてつ》いたこの女の度胸だけは、認めてあげても良いわ」

（どういう風《ふ》の吹き回しだ？　シラン効果か？）

ころりと態度を軟化《なんか》させたローズに、ダリアは頭に疑問符《ぎもんふ》を浮かべる。依然《いぜん》としてローズの態度はツンとしていたが、先ほどまでの高圧的な雰囲気はなくなっていた。

「さっきはすまなかった」

「え……」

シランのおかげかローズから解放され、彼に部屋まで送ってもらう途中《とちゅう》、なぜか謝罪された。

「姉上が迷惑をかけてすまない。彼女は少しその……身内に対しての愛情が大きいんだ」

（いや、身内というより重度のブラコンなんだけどな）

ゲームでは事あるごとにヒロインを呼び出し、虐めていたローズ。お茶会に招待しては無理難題を押し付けたり、無礼を働いたからといって皆《みな》の前で罵《ののし》ったり……そのヒロインがあまりにも可哀想《かわいそう》で、香織は早くシランが助けに来ないかと願っていたものだ。

「根は悪い人じゃないんだ」

「ええ、わかっています」

ゲームの展開を知っているダリアからすれば、今日のローズの行いは可愛い方だ。何より今のダリアは公爵家に世話になっている恩がある。喧嘩《けんか》を売られたら買う主義なため、先ほどは少々――いやだいぶやらかした感はあるが、それでも最後にはダリアを認めたようなことも言ってくれていた。

(これはあれだな、ぶつかり合ってこそわかり合えるってやつだな)

案外ローズとは友達になれるかも？　と悪役令嬢仲間としては思うところだ。

「それにしてもシラン、さっそく私のことを名前で呼んでくれましたね。〝ダリア〟って」

「呼んだら悪いか？」

「いいえ。距離《きょり》が近づいたようで、嬉しいだけです」

「っ！　恥ずかしい奴……」

照れ隠しか、シランはダリアから顔を背《そむ》けてしまった。

ダリアとしては正直な気持ちを伝えただけだが、シランのその様子を見て、なんだか可愛いと思ってしまった。

入団式まであと二日。ダリアとシランの手合わせにも一層熱が入る。そんな中、マーデル公爵家にとある知らせが届いた。

「第一皇子殿下《おうじでんか》がこの屋敷にいらっしゃるだと⁉」

その報に一番驚いたのは、騎士団から離《はな》れられない当主に代わって仕事をしている、小公爵のシランの兄だった。

「急いで出迎《でむか》えの準備を。ローズはお客様であるダリア嬢に似合うドレスを見繕《みつくろ》ってくれ」

名門であるマーデル公爵家ともなれば、急な第一皇子の来訪にも動じた様子はなく、さすがの対応だ。

「……仕方がありませんわね。ご指名いただいたからにはわたくし、絶対に手は抜《ぬ》きませんことよ！」

一方で、この事態にとんでもない巻《ま》き添《ぞ》えを食ったのはダリアだった。使命に燃えた表情で、ローズはダリアをドレスルームに連れていく。

（なんでヘデラが⁉　つーかなんでウチまで！　ウチは関係ねえんだから屋敷のどっかに隠れてればいいだろ！）

ダリアの動揺《どうよう》など全くお構いなしに、ローズはダリアを上から下までじっくり眺《なが》めた。

「貴女の顔だとブルー系のドレスが似合いそうね。これは……少し色が濃《こ》いかしら？　うん、このぐらいの色がいいわ。さっそく試着してみて」

「あ、あの……」

テキパキとドレス選びが進み、ダリアが口をはさむ暇《ひま》もない。

「ふーん、悪くないわね。他にも瞳の色のような赤いドレスも華《はな》やかで良いかもしれないわ。次はこれを」

「かしこまりました」

「え、待っ……」

「白が基調のドレスはどうかしら。ライトブルーの線も入っていて良いかも。次はこれね」

「かしこまりました」

その作業が延々繰《く》り返《かえ》され、ダリアは剣術《けんじゅつ》の稽古よりもゲッソリとしていた。

「こうして見れば、貴女も立派な貴族令嬢ね。剣《けん》を扱えるなんて誰も思わないでしょう。次は化粧《けしょう》をやってもらいなさい。時間がないわ、急いで！」

「えっ」

ようやく終わりかと思ったが、今度は椅子《いす》に座らされて化粧を施《ほどこ》される。

（これが女の日常なのか……？　そういや前世のキラキラ女子も、服とか化粧に気合入れてたっけ）

女の子の生態は前世と変わらない部分もあるんだな、と感慨深《かんがいぶか》い気持ちでされるがままになるダリア。

「あら、良いじゃない。磨《みが》けばさらに輝《かがや》きが増すわね」

化粧を終えたダリアを、ローズは素直に褒《ほ》めてくれた。

「あ、りがとうございます」

ダリアがたどたどしくお礼を言うと、ローズがハッとしたようにそっぽを向く。

「か、勘違《かんちが》いしないでちょうだいね。お兄様の命令だから仕方なく付き合ってあげたのよ」

その割に楽しそうにドレスを選んでいたローズを、ダリアは微笑ましく思った。

（なんだ、可愛いとこあんだな。これが例のツンデレというやつか）

「な、なんですのその顔は！」

「なんでもございません」

「なんでもない顔には見えないわ！　全く、貴女といると調子がくるうわ……まあ、貴女が来てからシランがすごく楽しそうだから、そのことに関しては感謝しているけれど」

「シラン様が、ですか？」

正直、ダリアにはシランが楽しそうにしているようには見えなかった。

（長年一緒にいる姉だから少しの変化にも気づけるとか……？）

「もちろんわたくしの大好きな弟を渡《わた》すつもりはないけれど！　それでも、周囲からの重圧に押し潰されそうなあの子は、見たくなかったから……」

ツンツンしながらも、弟への愛情が本物というのは伝わってくる。

「貴女はわたくしにこびへつらう令嬢とは違うようだし」

公爵令嬢の肩書《かたが》きを持つローズの下には、いつも多くの人が集まってくるという。その大半が、公爵家に取り入ろうと欲望に塗《まみ》れていた。純粋《じゅんすい》にローズと仲良くしたいと思って近づいてくる人間は、これまでひとりもいなかったのだ。

そのような環境《かんきょう》で生きてきたからこそ、ローズはブラコンを拗《こじ》らせ、ゲーム内で悪役令嬢として生きる羽目になったのだろう。

「わたくしね、本当は、女を武器にして生きている人間が大嫌《だいきら》いなの。淑女らしく振る舞って男に擦《す》り寄り、貴方《あなた》がいないと生きていけませんってか弱いアピールをする女がね……昨日とは真逆のことを言っている、って顔ね。そう、わたくしは、自分の本心を隠して生きてきた。その鬱憤《うっぷん》を貴女にぶつけていただけなのよ」

淑女の鑑《かがみ》であるべきはずのローズは、いつしか女性らしく生きることに対して嫌悪感《けんおかん》を抱《いだ》くようになったという。

（ウチと一緒だな……）

「女だって男の力を借りずとも生きていけるわ。実際に隣国《りんごく》では女性騎士が活躍《かつやく》しているというじゃない。爵位《しゃくい》を継いだり政治にも参加したりしている。正直性別なんて関係ない。お互《たが》いが助け合わなければ、この国はこれ以上大きくならないわ」

「ローズ様……」

初めて聞くローズの本心は、ダリアの心を揺《ゆ》さぶった。

ダリアは黙《だま》ってローズの話に集中する。

「実はね、隣国から嫁《とつ》いできたお母様も、最初は剣を握《にぎ》っていたの。けれど、周囲から淑女らしくあることを強要されて、いつしか剣の代わりに針を持つようになったとおっしゃっていたわ。女は剣術より裁縫《さいほう》の方が大事ですって。それでもわたくしも子どもの頃《ころ》は、お母様から内緒で指南を受けて剣を握っていたの。けれど、社交界に出るようになって、この国の現状を知ってからは、家の中でも剣を握ることをやめたわ」

ローズの悲しげな表情からは未練が感じられた。

ローズがヒロインを嫌っていた理由が、なんとなくわかったかもしれない、とダリアは思った。

ゲームのヒロインは可憐《かれん》で、思わず守ってあげたくなるような女の子だった。

実際に攻略《こうりゃく》対象者から守られる受け身な場面が多く、そんな面がローズにとっては気に食わなかったようだ。

「貴女ほど強く生きられたら、どれだけ良かったでしょうね」

「私は後先考えずに行動してしまうだけなんです。なので今回もあまり深く考えず、自分のやりたいように動いたまでです」

ローズが剣術を習っていた過去があると知り、女性だって剣を持つ世の中にしたいという想《おも》いは間違《まちが》っていなかったのだと、ダリアは心底嬉しい気持ちになった。

(やっぱり、自分に正直に行動して良かった！)

しかし、ローズとしてはそんなダリアが心配になったようだ。

「けれど……これからも貴女は周囲の批判に晒《さら》され、その中で自分の意志を貫《つらぬ》かなければならないのよ。貴女にそれを乗《の》り越《こ》える覚悟《かくご》はある？」

「覚悟とかそういうのはよくわかりませんが……私は私のやりたいようにやるだけです。周囲の批判なんか、実力で黙らせてやる……りますわよ！」

興奮したまま喋《しゃべ》ったので、最後のお嬢様《じょうさま》口調は怪《あや》しかったが、ローズはそれ以上にダリアの言葉に感銘《かんめい》を受けたようだ。

「気に入ったわ。これから先、わたくしが貴女の味方になってあげる」

ローズはすっかりダリアに心を開いてくれたようだ。ダリアとしても、転生したこの世界で同性の友達ができたのは素直に嬉しい。

「ところで、ローズ様は騎士を目指さないのですか？　幼い頃からお母様に指南いただいていたのなら、実力は私以上なんじゃ……」

「本当はね、他国に嫁いで目指そうかと思ったこともあったの。わたくしには、勇気がなかった……けれど、貴女を見て考えが変わったわ。わたくしも、この帝国の騎士になれるかしら」

「なれますよ。気合と根性《こんじょう》があれば！」

「なんですのそれは。……まあ、来年、入団試験を受けてみるのもいいかもしれませんわね」

ローズの前向きな答えに、ダリアは新しいチームが作れる！　と自分の夢の実現が近づいて歓喜《かんき》した。

「私、絶対待ってますからね！」

ダリアの笑顔《えがお》を前に、ローズはふとため息を零《こぼ》す。

「ダリアを前にしたら、さすがにあの仮面男も崩れるかしらね」

「仮面男、ですか……？」

ローズの言葉に、ダリアは首をかしげる。

「いきなり訪問を仕掛《しか》けてきた第一皇子よ。あの終始余裕《よゆう》ありげで心の内が読めない仮面男が、わたくし大嫌いなの。一時は失踪《しっそう》して第三皇子が立太子《りったいし》されると言われていたけれど、また後継者《こうけいしゃ》争いが始まりそうだし」

ヘデラの行方《ゆくえ》がわからなかった時は、この国は終わりだという絶望的な声まで出ていたという。しかし、ヘデラが皇宮《こうぐう》に戻ってからは、しっかりと公務に励んでいるそうだ。

「第一皇子不在の間、陛下は第三皇子の立太子を承諾《しょうだく》しなかったそうよ。陛下は第一皇子に継承《けいしょう》させる意向のようね」

「へえ……」

「政治に興味がなさそうね。そういえば、アグネス侯爵家は中立だったわよね？」

「……だと思います」

実際は継母がヘデラの暗殺未遂《みすい》に加担しているようだとは口が裂《さ》けても言えず、ダリアは言葉を濁《にご》した。

「仮にも皇室騎士団に入団するのだから、ある程度は理解しておかないと後々困るわよ。家が中立の立場なら、なおさら派閥《はばつ》に巻き込まれないように注意しないと」

「そうですよね……」

ダリアの目は泳いでいたが、幸いにもローズに気づかれることはなかった。


その日の午後。

ダリアは、公爵家の人たちと屋敷の前で待機していた。

最前列には小公爵、その隣《となり》には公爵夫人《ふじん》。

その後ろにローズとシラン、ダリアが続き、使用人たちがさらに後ろで待機している。

(さすが皇室の人間が来るだけあって、もてなし方がすげえんだな)

ダリアはドレスアップした疲《つか》れで欠伸《あくび》が出ないように堪《こら》えつつ、ヘデラが到着《とうちゃく》するのを待った。

しばらくして、皇室の紋章《もんしょう》が刻まれた馬車が到着する。ヘデラが姿を現すと、皆一斉に頭を下げた。ダリアも周囲に合わせて頭を下げておく。

「突然《とつぜん》の訪問にもかかわらず、皆で出迎えてくれて嬉しいよ」

「恐《おそ》れ入ります。ヘデラ第一皇子殿下のお越しを大変嬉しく思います。満足のいくおもてなしではないかもしれませんが、御寛《おくつろ》ぎいただけると幸いです」

「心遣《こころづか》いに感謝する」

ヘデラと小公爵の形式的な会話を、ダリアは退屈《たいくつ》そうに聞いていた。

しかし突然ヘデラの視線がダリアに向けられる。

「ダリア嬢も公爵家にいたんだね。そういえば、入団試験の合格おめでとう」

「お、恐れ入ります」

これまで会っていたヘデラはいずれも変装していたためか、黒髪《くろかみ》を靡《なび》かせた本来の姿はダリアの目に新鮮《しんせん》に映った。

(さすがは皇子、全身が輝いて見える……でも、なんか……黒髪だとより一層雅《みやび》と重なって見えるんだが⁉ 笑い方とか、仕草とか諸々《もろもろ》)

ダリアはヘデラを、直視できずに俯《うつむ》いた。

「周囲の批判は大きいだろうが、私はダリア嬢を応援《おうえん》するよ。君が女性初の騎士として活躍する日が待ち遠しいな」

しかしヘデラはお構いなしで、慣れた手つきでダリアの手をとり、手の甲《てこう》に口づけをする。

(キッ、キス……⁉ 待っ、落ち着け、この世界では挨拶なんだよな？)

慣れない常識に心臓がバクバクと落ち着かないダリアだが、ヘデラは平然としている。

しかしその眼差《まなざ》しには、ダリアへの何とも言えない感情が含《ふく》まれていた。

「今日のドレス姿、とても綺麗《きれい》だ」

「……っ」

(この目……やっぱ似てる。この落ち着かない視線が雅みてえな……それともヘデラがあいつと似てんのか？ 確かに雅って見た目は優等生の王子様キャラだった……けど)

ダリアはまた雅を思い出す。

昼は優等生の鑑のような、誠実な男性として男女共に人気を集め、夜は暴走族の総長として不良をまとめるほどのカリスマ性と力があった。

表の顔と裏の顔の差が激しかったものの、実はどちらの顔も知っているのは香織だけだったのだ。

「殿下、わたくしのことはお忘れですか？」

ダリアとヘデラ、ふたりの間に割って入るようにローズが口を開いた。

「もちろん忘れるわけがないよ、ローズ嬢。一年ぶりかな？ 会えて嬉しいよ」

　ヘデラはローズの手を取ったが、彼女はそれを自然と振り払う。明らかな拒絶《きょぜつ》だったが、ヘデラは穏《おだ》やかな笑みを崩すことはない。

「それにしてはわたくしより先に客人のダリア嬢を優先しているように見えましたわ」

「帝国初の女性騎士になる彼女に一刻も早く激励《げきれい》の言葉を伝えたかったんだ。どうか怒りを鎮《しず》めてほしい」

「あら、高貴な殿下に対して怒るだなんてありえませんわ」

「ローズ！　殿下相手にやめないか！」

　小公爵が血相を変えて妹の暴走を止めに入る。その一言で、ようやくローズの口撃《こうげき》が止まった。

「君も入団試験に受かったんだってね、おめでとう」

　最後にヘデラはシランへと言葉をかける。

「恐れ入ります」

「マーデル公爵家は武闘派《ぶとうは》だから、君が活躍する日が待ち遠しいな」

（……うん？　なんか）

　ヘデラの微笑みは、一見すると先ほどと変化がないように思える。しかしダリアは、いわく言《い》い難《がた》い違和感《いわかん》を覚えたのだった。

「あーもうっ、本当に憎《にく》たらしいですわあの笑顔‼　それともあの仮面笑顔があの方の真顔なのかしら」

「というかヘデラ……皇子殿下、最後少し、怒っていませんでした？」

ヘデラは挨拶後、小公爵と公爵夫人に案内され、客間へと移動していった。ダリアたちは一旦《いったん》待機ということで、ローズの部屋で待つことにする。するとローズはヘデラへの怒りを露《あら》わにした。

「どこをどう見てそう思ったの？　ずっとニコニコしていて気味が悪いったらないわ。わたくしよりもダリアに先に挨拶するあたり、喧嘩を売っているとしか思えません！」

ローズに全否定され、ダリアは自分の勘違いかと思い始める。ところが、シランもダリアと同じように感じていたようだ。

「やっぱり、気のせいではなかったのか」

「えっ」

「俺に対して、挑発的《ちょうはつてき》な目をしていた気がしたんだ」

「なんですって⁉　わたくしの可愛いシランをそのような目で見るなんて許せない！　もうあの男のもてなしはお兄様に任せてわたくしたちは庭園に行きましょう！」

（そうか……ヘデラはシランに対して何か思うところがあったってことか……なんでだろ？）

シランとは初対面と聞いたが、何が気になったのかがわからない。一方、ローズはブラコンっぷりを発揮しながらふたりを連れて庭園にやってくると、ティーセットを用意するよう侍女に指示を出した。

「そうだわ！　せっかくだからダリアとシラン、ここで手合わせをしてはどうかしら？　わたくしも近くで見てみたいと思っていたのよ」

「いいんですか？　だったら今すぐ着替《きが》えてきます！」

ダリアはこの重たいドレスから逃れられるということと、体を動かせることに喜び勇んで着替えに戻る。

いつの間にかローズとダリアが仲良くなっているのを不思議そうに見ていたシランだったが、手合わせ自体に異論はないようだ。ダリアが戻ってくるのを待って、いつものように剣を構える。

「シラン、今日こそは一本とってみせますから！」

先ほどまでのドレス姿から一転、ダリアは髪《かみ》を後ろでまとめ上げ、シャツにズボンという軽装でシランに宣戦布告する。

「やれるものなら」

シランはにやりと笑みを浮かべるとダリアと剣を交えた。

「くっ！　やっぱり勝てない……！」

善戦したものの、あと一歩が足りず、結果はダリアの完敗。

(同期になるシランに勝てなきゃ、幸先《さいさき》不安じゃねえか……!)

「でも惜《お》しかったわよ。まあダリアが成長するのと同じようにシランも成長しているからね。残念だけれど、ダリアがわたくしの弟に勝てる日は来ないと思うわ」

へたり込むダリアを慰《なぐさ》めるローズだが、要は「お前は一生勝てない」と言われたのと同義である。その一言でダリアの闘争心《とうそうしん》が燃え上がり、「やっぱりもう一本!」と立ち上がるとダリアは再びシランに挑《いど》んだ。

「楽しそうだね。私も交ぜてくれるかな」

とそこに、涼《すず》やかな声が響いた。いつの間にかローズの隣にヘデラが座っている。ダリアとシランは思わず手を止めた。

突然ヘデラが姿を現したことに、ローズは心底驚いたようだ。口をあんぐりと開けて固まっている。

「ローズ嬢のその反応は新鮮だね」

「なっ、なっ、どうしてこちらに⁉ お兄様は……!」

「しばらく話をした後、庭を案内しようとしてくれたのだけれど、その途中で君たちが見えたものだからね。少しお邪魔《じゃま》しようかと」

しれっと述べるヘデラに、ローズもいつもの調子を取り戻したようだ。ヘデラに煽《あお》るような視線を向ける。

「なら、わたくしの弟と手合わせなさいます？　きっと良き一戦になると思いますわ」

「それは願ってもないね」

ローズの提案に乗り気になったヘデラは、立ち上がるとダリアの前に来て手を伸《の》ばした。

「その剣、借りていいかな」

「あ、はい……！」

ダリアは慌ててヘデラに剣を渡す。

「シラン殿《どの》、手合わせ願えるかな？」

ふたりが並ぶと、ヘデラの方が幾分《いくぶん》か身長が高い。そのため、自然とヘデラがシランを見下ろすような形になった。その高圧的な、まるで怒っているような雰囲気は、先ほどの挨拶の時にダリアが感じたものと似ている。しかしシランはそんな空気をものともせず、受けて立った。

「……喜んで」

（攻略対象者同士の一戦！　しかも実力派のふたり！　めちゃくちゃ楽しみな戦いじゃねえか！）

ダリアはふたりが剣を構えるのを見て、胸を躍《おど》らせる。

剣を交えたふたりはまさに互角《ごかく》！　に見えたが、徐々《じょじょ》にシランが押されていき、劣勢《れっせい》になっていく。いつもはクールなシランの表情に、焦りの色が浮かぶ。

さすがのローズも予想外だったようで、拳《こぶし》を握りしめて今にも立ち上がりそうな勢いだ。

ヘデラは勢いを止めず一歩、また一歩とシランを追《お》い詰《つ》めていく。

「そ、そこまでっ！」

日の前でシランが負けるのは耐《た》えきれなかったのだろう、あわやシランの手から剣が弾《はじ》かれそうになる寸前、ついにローズが声を上げた。

ふたりはその声に反応してすぐに剣を止める。

息が乱れているシランに対し、ヘデラは平然としたままだ。

（すっげー！　ヘデラの奴めちゃくちゃ強いじゃん！　ウチとの手合わせ、ホントは手を抜いてたってことか。悔《くや》しいけど、ウチもまだまだ頑張《がんば》らねぇと！）

「なかなかの腕前《うでまえ》だね、シラン殿。将来が楽しみだよ。もちろん、ダリア嬢もね」

シランからダリアに視線を移したヘデラにそう言われ、実力差を見せつけられたダリアは素直にその言葉を受け取る。

「はい。まだまだ成長途中なので、すぐに殿下に追いつきますよ」

ダリアはしっかりとヘデラの目を見てそう答えた。

「君の瞳の奥に隠された強さというのは計り知れないね。強さは肉体だけではないから」

「……？」

ヘデラの言わんとしている意味がいまいちよくわからないダリアに、ヘデラは「扱いやすくていい剣だね」と言いながら剣を返す。そうして本来の予定──庭の散策──に戻ろうとした。

『君は強いね』

ふと、ダリアは前世で男が何気なく放った言葉を思い出す。

そう、雅という男も香織に対して強いと褒めたのだ。

『あ？　ウチより雅のが強いのに何言ってんだ』

『強さは肉体だけでは成立しないよ。君は心も強い』

気づけばダリアは、その名前を呼んでいた。

「……みや、び」

（やっぱり似てる……）

ダリアの呟《つぶや》きが立ち去ろうとしていたヘデラの耳に届いたのか、彼はゆっくりと振り返った。

その形容しがたい驚きに満ちた表情は、大怪我《おおけが》を負って生きることを諦《あきら》めていたヘデラが、ダリアのかけた言葉を聞いて起き上がった時と同じもの。

（……えっ⁉　なんでヘデラが振り向い……？　もしかして今の聞こえ）

「あの、ヘデラ殿《でん》……」

「ダリア？　どうなさったの？　そのように興奮して」

「え」

ローズの声に、ダリアは我に返った。

動揺からか鼓動《こどう》はかなり速まっていて、全身に汗《あせ》をかいていた。

（だっ、て……へデラがもしかしたら……み、雅かもしれねえって）

これまで、何度も抱いたヘデラへの違和感に、ダリアは興奮を抑《おさ》えきれなかった。

（まさかヘデラも――転生者なのか!?）

「ヘデラっ……」

「ダリア嬢、それはまた後ほど」

一刻も早くその答えを知りたかったダリアだが、ヘデラは意味深な笑みを浮かべた後、その場を去ってしまう。

問い詰めることもできないまま、ダリアはただ呆然《ぼうぜん》と立《た》ち尽《つ》くしていた。


（なんっとしてでもヘデラに確かめねえと！）

その日の夜。ヘデラが公爵家に泊まると聞いたダリアは、これ幸いとヘデラを尋問《じんもん》しようと、客室から抜け出した。

（初めて会った時からおかしいと思ってたんだよな。もっと早く違和感の正体に気づけていたら……!!）

しかしダリアは、ヘデラがどこの部屋にいるのかなど知らない。

「つーか、ここどこだよ……」

広い屋敷でダリアはすっかり迷子になっていた。自分のいる場所がどこなのかすらわからず、一旦引き返そうとしたが……。

「今から第一皇子のいる部屋へ向かいます」

「小公爵と一緒なんだな？」

「はい、そのように聞いております」

内緒話《ないしょばなし》のように交《か》わされた小さな声での会話に、ダリアはピタリと足を止める。

「護衛は？」

「第一皇子がいるので少し厳重ですが、警護配備表を手に入れたのでこちらを確認《かくにん》していただければ」

「はっ、お前本当に見事な裏切り者だな」

（裏切り者……？）

何やら只事《ただごと》ではない会話に、ダリアは相手に気取られぬようそっと顔を覗《のぞ》かせる。

そこにいたのは、ローズの侍女と使用人の格好をした三人の男。

一見すると怪しい様子はなかったが、会話の内容が不穏《ふおん》でダリアは聞き耳を立てる。

「口を慎《つつし》んでください。使用人に紛《まぎ》れていても、見ない顔だと怪しまれる可能性があります。目立った行動はお控《ひか》えください」

「うっせえ女だな。誰のおかげで今の地位があると思ってんだ」

「おい、よせ。まずは第一皇子を殺《や》るのが先だろう」

(第一皇子を殺る⁉ まさか、刺客《しかく》か?)

ヘデラは命を狙《ねら》われている。そのことを思い出したダリアは会話を聞くことに夢中で注意が疎《おろそ》かになり、うっかり物音を立ててしまう。

「誰かいるのかっ!」

(しまっ……逃《に》げ、るのは性にあわねえな)

前世の香織は逃げるくらいなら真正面からぶつかっていくのが信条だった。相手に背中を向けることは自殺行為《こうい》とすら思っていた。

そのため今も丸腰《まるごし》だというのに、刺客の前に堂々と姿を現してみせる。

「なっ、ダリア様!」

ローズの侍女はダリアを見るなり顔色を変える。

「知っている女か」

「シラン様のお客様です」

「へぇ。それじゃ、ただのお貴族お嬢様か」

相手はダリアを完全に舐《な》めきっていた。

その態度が鼻につき、ダリアは相手を煽るように笑う。

「皇子の暗殺なんて、随分《ずいぶん》馬鹿なこと考えるんだな」

「やっぱり聞いてやがったか。それなら話は早え。悪いが口封《くちふう》じさせてもらう」

「いかにも悪者のセリフって感じだな！　ほら、遠慮《えんりょ》せずかかってこいよ！」

（とは言ってもこの状況《じょうきょう》は不利だな。ま、剣がないなら……）

殺そうと向かってくる相手の短剣《たんけん》を軽く避《よ》け、ダリアが足を振り上げると、回《まわ》し蹴《げ》りが綺麗に決まる。

剣術はこの世界で学んだことだが、前世の香織は喧嘩で勝つために体術を身につけていた。

（本当は剣術よりこっちの方が得意なんだよな。それにここ最近は鍛錬を重ねたからか、前世とは比べもんにならねえぐらい体が軽くて動きやすい）

仲間がひとり倒《たお》れ、ようやく危機感を抱いたのか、ふたりの男が今度は一斉に飛びかかってきた。

ダリアはすぐに倒れた男の剣を奪《うば》い取り、相手を圧倒《あっとう》する。

「暗殺なんて卑怯なことして恥ずかしくねえのか」

「口が悪い女だ……ぐあっ」

ダリアは躊躇いなく、相手の急所を狙い、気絶させた。

「刺客ってこんなもんか。案外弱いんだな」

最後のひとりも一撃《いちげき》で仕留め、ダリアは短剣を床に捨てて顔を上げる。

ローズの侍女は腰《こし》が抜けたようでその場にへたり込んでいた。

「あ、ああ……」

「アンタも暗殺者側の人間だったんだな」

「ひっ……私、は……ただ」

体格のいい男たちがこれほどあっさりやられたのだ。侍女はダリアを見ながら恐怖《きょうふ》に震《ふる》えていた。

「も、申し訳ございません！　私は命令に従うしかなく……」

ダリアの視線は侍女へと向いていた。そのため、最初に倒した男が背後で痛みに堪えながら起き上がろうとしていたことに気づけなかった。

「……っ、このクソ女《アマ》……うぐっ⁉」

「君はツメが甘いね」

「……え」

ダリアが振り返ると、そこにはヘデラが立っていた。

ダリアを狙っていた男はヘデラの手によって今度こそ気を失っている。

「ど、どうしてヘデラ殿下が……い、いつから」

「君がかかってこいと言っている辺りかな」

「それってほぼ全部ではないですか！」

「さすが皇室騎士団に合格した腕前だね。見事だったよ」

一部始終を見ていたらしいヘデラは、楽しそうに笑みを浮かべている。

「けれどこれで確信したよ」

笑みを消したヘデラは、男たちを見て言う。

「……やはりヘデラ殿下は命を……」

「その前に、まずは目の前のことを片付けよっか」

ダリアの唇《くちびる》に人差し指をそっと当て、それ以上は話せないようにするヘデラ。

「これが片付いたら、改めて君に会いに行くから」

「っ‼」

ダリアはあまりに近いヘデラとの距離に、文字通り言葉を失い、素直にコクコクと頷《うなず》いてしまった。と同時にバタバタと大きな足音が聞こえてくる。

騒《さわ》ぎを聞きつけた公爵家の兵が到着したようで、ダリアとヘデラはそのまま小公爵の部屋に案内された。

「申し訳ございません！　まさか刺客の侵入《しんにゅう》を許すとは……なんとお詫《わ》びすれば」

小公爵は取り乱した様子で今夜の件を謝罪した。

しかし一番顔色を悪くしていたのは、取るものもとりあえずといった様子で駆け付けたローズだ。

信頼《しんらい》していた侍女が実は裏切り者のスパイだったと知り、ショックを隠しきれていない。

「どうして……いつからなの」

「ローズ様……」

心配になってダリアが声をかけるが、その声は彼女に届いていないようだ。

「被害《ひがい》がなかったから気にしなくていい。むしろ今回の件を未然に防いだダリア嬢に礼をすべきだと思うよ」

ヘデラの言を受けて、弾かれたように小公爵がダリアに向けて頭を下げた。

「ダリア嬢……刺客を倒してくれたこと、本当に感謝する。この恩は必ず返すと誓《ちか》うよ」

「そんな、私はただ当然のことをしたまでで……」

(恩を返すだなんて、小公爵様は義理堅《ぎりがた》えんだな)

ダリアがそう感じ入っていると、小公爵は頭を上げてダリアの目を見て言った。

「今回の件で一番ショックを受けているのはローズだろう。どうか、友として妹を慰めてやってほしい」

「あぁ！　……じゃなくて、ええ！　もちろんです」

友の力になるのはどんな時代も変わらない不文律《ふぶんりつ》。ダリアはすぐさま請《う》け合《あ》った。

「いいえ、お兄様。その必要はありません」

小公爵の言葉を聞いてようやくローズが口を開く。

「わたくしの侍女が原因で刺客を公爵邸に招き入れ、殿下のお命を狙ったのだとしたら、わたくしにも責任がございます」

「……ローズ？」

「まずは今回の件を謝罪させてください。殿下、この度《たび》はわたくしの侍女の不始末、大変申し訳ございませんでした」

ローズは小公爵の言葉を遮るように、ヘデラに向けて頭を下げた。腰からきっちりと体を折るように謝罪する姿は、彼女の姿勢の良さも相まってとても美しかった。

「ローズ嬢が謝る必要はないよ」

ヘデラが苦笑《くしょう》しながら言うも、ローズとしてはケジメのつもりなのだろう。頭を下げたまま謝罪を重ねる。

「いいえ。侍女の罪はわたくしの罪でもあります。どうかわたくしを罰《ばっ》してくださ……」

「その必要はない」

なおも言い募《つの》ろうとするローズの言葉を、ヘデラがぴしゃりと遮った。

「頭を上げてくれ、ローズ嬢。今回の件は、私がこちらを訪問したからこそ起きてしまったことだ。公爵家に咎《とが》はない。小公爵、此度《こたび》の件を不問に付す代わりに、かん口令を敷《し》いて情報が外に漏れないよう留意してくれ」

「なんと勿体《もったい》なきお言葉……第一皇子殿下の寛大《かんだい》なご処置、痛み入ります」

小公爵はヘデラのありがたすぎる対応に深い感銘を受けているようだ。ダリアも皇子然としたその姿に、ヘデラという人を頼《たの》もしく思った。

「ローズ嬢、君は部屋で休むといい。ダリア嬢も部屋までついていってあげてくれないか」

「かしこまりました」

願ってもないヘデラの提案に、ダリアはローズを連れて小公爵の部屋を出ると、彼女を部屋まで送る。

「……ふふ、わたくしって本当にのうのうと生きていたのね」

「ローズ様……」

彼女を見てダリアは、まるで自分のことのように胸が痛んだ。

(なんでかわかんねえけど、ローズ様の気持ちが理解できる……まるで自分も似たような経験をしたことがあるような)

「……っ！」

その時、激しい頭痛がダリアを襲《おそ》った。

ダリアは顔をしかめ、頭を押さえる。脳裏《のうり》にひとりの少女の姿が過《よぎ》った。

『もう私にチームなんて必要ない！』

（なんだ……？）

顔ははっきりと思い出せないが、少女は泣いているように見えた。

（この女に見覚えが……うっ）

あまりの痛みにさすがに足を止めようとした時。

「姉上」

騒ぎを聞いて姉を心配したのか、ローズの部屋の前でシランが待っていた。途端《とたん》にローズから安堵《あんど》の息がもれる。気がそれたからか、ダリアの頭痛は嘘《うそ》のように治まっていた。

（シラン……助かった。そりゃ姉弟《きょうだい》だもんな、安心するに決まってるか）

シランはローズの近くまで来ると、隣にいたダリアに礼を言う。

「ダリア、ありがとう。君も部屋まで送るから、少しだけ待っててくれ」

「え、私は大丈夫です！」

ダリアは遠慮したものの、「そうしてもらってちょうだい」とローズにまで言われてしまえば、ぐうの音も出ない。そのままシランはローズの肩《かた》に手を添《そ》え、彼女を支えながら部屋の中へと入っていった。

（シラン、もしかしてウチと話したいことでもあるのかな……はっ！　まさかウチがひとりで部屋に戻れないのを心配して？　現にさっきはしっかり迷ったしな）

騎士として鍛《きた》えてきたダリアにとって、自分の身に危険が及《およ》ぶなどとは欠片《かけら》も考えておらず、「部屋まで送る」の意図が不明すぎてああでもないこうでもないと自問自答する。

しばらく待っていると、ようやくシランが部屋から出てきた。

「悪い、待たせた」

「いえ！　ローズ様は大丈夫でしたか？」

「ああ。かなり精神的に参っているが……とりあえず今は落ち着いたようだ。ダリアも心配してくれてありがとな」

「いえ、むしろシランが来てくれて良かったです」

ローズの様子を聞いて安心したダリアは、シランと話しながら部屋まで向かう。

「しばらくは屋敷内が騒がしくなるだろう。入団式前だというのにすまなかった。とにかく休めるうちに休んでおくといい」

「ありがとうございます、シラン。私よりそちらの方が大変だと思うけど、私たちは皇室騎士団として、変わらずみんなを守るために立ち向かいましょう！」

シランはダリアの言葉に一瞬《いっしゅん》目を見開いた後、「そうだな」となぜか顔をそらして言った。部屋の前でダリアはシランに送ってくれた礼を言うと、中へと入る。

途端に疲労《ひろう》がダリアを襲った。

（なんか、あっという間の出来事だったけど……前世の喧嘩と違ってウチ、殺されかけたんだよな？）

もし相手に敗北していたら……すなわちそれは〝死〟を指す。

（暗殺が当たり前の世界……死と隣《とな》り合わせのこの世界で、ウチは生きていかねえといけないのか）

ひとりになってみると、ダリアの頭の中をいろいろな思いが駆け巡《めぐ》る。

すぐに眠《ねむ》る気になれず、ダリアは月明かりが差す窓の外へと目を向けた。気分転換《てんかん》でもしようと、バルコニーに出る。

「はぁ……」

バルコニーの柵《さく》からマーデル公爵家の見事に剪定《せんてい》された庭を眺めつつ、ダリアは大きなため息を零した。

「浮かない顔をしているね」

「……へ」

と、突然ヘデラがダリアの目の前に姿を現した。

上の階からダリアの部屋のバルコニーに飛び降りてきたようだ。ダリアは驚きのあまり声にならない声が出る。

「大丈夫かい？」

言葉が飛び飛びでしか出せないダリアを面白《おもしろ》そうに眺めながら、ヘデラはのうのうと言った。

「なん……ヘデラ殿、が……」

「ああ、さっき言ったよね。君に会いに行くって。でも今回の一件で警備がより厳しくなってね。部屋の外の護衛を撒《ま》くのが面倒だなと思っていたらバルコニーの開く音が聞こえたから見てみたら、君の客室が俺の下の部屋だったとは。奇遇《きぐう》だね」

最後の部分はとても見事な笑顔で言われ、ダリアとしてはどうリアクションしていいのか非常に困る。

「だからって外からなんて、もし何かありましたら……」

「一刻も早く君に会いたくて」

ヘデラは目を細めて笑う。

その姿に、かつての雅の姿が重なった。

（……似てる、本当に……雅、なんだよな？）

かといって「雅なのか？」と聞いて、違っていたら……転生者だなんて突飛《とっぴ》な話、普通《ふつう》は信じられないだろう。

どう言おうか迷いつつ視線を彷徨《さまよ》わせるも、「うだうだ考えるなんてウチらしくない！　女は度胸だ！」と腹をくくる。そうして、ダリアはヘデラに真相を聞くべく彼の目をまっすぐ見つめた。

「あの、ヘデラ殿下」

「会いたかったよ、香織《かおり》」

前世の名前で呼ばれたかと思うと、そっと抱きしめられた。

「ずっと、この世界で君を捜していた」

その言葉で、雅もこの世界に転生し、香織と同じくひとりで闘《たたか》っていたのだと実感する。

「やっぱり、雅だったんだな……まさか、こんなこと」

気づけばダリアの視界が滲《にじ》んできて、それを隠すようにヘデラから離れて顔を押さえる。

「……え」

前世の香織を知っている雅からすると、まさかここでダリアが泣くとは思っていなかったようだ。珍《めずら》しく動揺を見せている。

「良かっ……た。ははっ、なんか、今まで心許せる相手っていうか、自分だけ前世の記憶があってどこか緊張《きんちょう》してたっていうか……こうして昔を知ってる人がいてすげぇ安心してるし、その相手が雅で良かった」

「……っ」

涙《なみだ》を隠すように手で目を擦《こす》り、ダリアは胸の内を正直に語る。

この世界は前世とのギャップが大きく、毎日が違和感の連続だった。

気にしていないつもりでも、無意識に心は緊張していたようで、ようやくそれを打ち明けられた今、感情の箍《たが》が外れてしまったようだ。

「悪い、なんか急に力が抜けて……恥ず……へ⁉」

笑って誤魔化《ごまか》そうとしたダリアを、ヘデラはぐっと自分のもとに引き寄せた。

気づけばダリアは再びヘデラの腕の中にいて、先ほどよりも力強く抱きしめられる。

「ごめん……本当にごめん、香織」

「えっ、ちょ……みや、び」

「まさかこんなに思い詰めていたなんて……もっと早くに明かすべきだった」

あまりに力強い抱擁《ほうよう》に一瞬動揺したダリアだが、ふとヘデラの肩が震えていることに気づく。

（雅……？）

「その……別にそこまで思い詰めてねえっつーか、ウチはこの通り騎士目指して頑張って

るくらいには元気だから！」

「そうやって元気に見えても、心は疲れてるものなんだ。今日ぐらいは俺に身を任せて」

ようやく力は緩《ゆる》まったものの、ダリアを離す気はないのか、ヘデラは優しくダリアの頭を撫《な》でてくる。

「……いやだから、そこまで心配する必要ないっての」

ダリアは子ども扱いされているような気がして、思わず唇を尖《とが》らせた。

かといってヘデラを突き放そうとも思えなくて、ついその大きな腕に甘えてしまう。

「香織はいつ思い出したの？　幼少期のお茶会で会った時はまだ記憶がなかったよね？」

「……えっ、もしかしてその頃にはもう思い出してたのか？」

「俺はね、結構早い段階で思い出したよ」

「じゃあ、ウチより長い間ひとりで……辛《つら》かったよな」

「そうだね、絶望の毎日だったよ。生きる意味が見当たらないぐらい」

「そこまで……じゃあウチも慰めてやらねえとな」

ダリアは一度ヘデラに目を向けるとにっと口角を上げ、ヘデラを抱きしめ返す。

「もう大丈夫だからな。転生者がふたりいれば怖いものなしだ」

「‼　……そうだね。香織がいれば、もう怖いものなんてないよ」

少しダリアとは言っている意味合いが違うが、ダリアがその違和感に気づくことはない。

へデラはゆっくりと体を離すと、バルコニーに置いてあるテーブルセットにダリアをいざなった。ようやく腰を落ち着けたところで、ダリアが切り出した。

「そういや雅は前世の最期《さいご》の記憶はあるか？　ウチ、前世の記憶はあるんだけど、どうやって死んだのかとか、その辺がどうしても思い出せなくて……」

「……俺にはあるよ」

「そうなのか！　じゃあ、ウチはいったいどうやって死んだんだ？」

「本当に覚えてないの？」

「まったく」

「そっか……突然の事故だったからね」

「え、事故？」

「信号無視の車が、香織のバイクに衝突《しょうとつ》したんだ。俺が知らせを聞いた時にはもう、君はいなくなってた」

心なしかへデラの声のトーンが下がる。

何かと付き纏《まと》われていた前世を思い出し、雅も少なからずショックを受けたのだろうかとダリアは考えた。

「そうだったのか……教えてくれてありがとな。逆に雅はなんで死んだんだ？」

「俺は――俺も、事故みたいなものだよ」

「……？　そうなんだな」

歯切れの悪い物言いに、きっとあまり思い出したくないのだろうと判断したダリアは、無理に問い詰めないことにした。

「そういやせっかく二度目の人生を手に入れたってのに、なんでまたあんなところで死にかけてたんだよ」

ダリアはヘデラと出会った日のことを思い出す。

血だらけの瀕死《ひんし》状態だったヘデラは、生きることを諦めている様子だった。

「君がいない世界はあまりにもつまらなくて」

「だからそんな冗談《じょうだん》はいいって。雅は第一皇子って立場なんだから、簡単に命を投げ出したらダメだろ？」

「うん、ごめんね……二度と軽率《けいそつ》な真似《まね》はしないと誓うよ。俺には生きなければならない理由ができたから」

「理由？」

「うん、そうだよ。俺が皇太子になって、この国を引っ張るんだと思える理由」

そんな大きな理由を見つけられたのかと、ダリアは感心する。

「そういえば、マーデル公爵家の次男と随分《ずいぶん》親しいようだね」

「次男……ああ、シランのことか？　そりゃ、同じ騎士団の仲間だからな。今も屋敷に泊めさせてくれて色々世話になってるし」

「そんなの、俺を頼《たよ》ってくれたら良かったのに」

ヘデラは少し残念そうに話す。

「でも、これからは俺だけを頼ってくれるよね？　君のためなら権力も富も名声もすべてささげられるよ」

「……重いっ！　本当に前世から変わんねえな⁉」

ダリアは前世で雅が有名な暴走族の総長としてチームを率いていた時、香織に向けて放った言葉を思い出す。

『このチームも俺も、ぜんぶ香織のモノだよ。好きにしていいからね。手始めに君と敵対しているチームを片《かた》っ端《ぱし》から潰《つぶ》しに行こうか』

『おい待てこら、こいつらは雅の仲間であってウチとは関係ねえだろ！　手柄《てがら》を横取りされたとしか思えねえからやめろ！』

『まさか。全員、香織に従うよう育てたから安心して？』

仲間とはお互いを高め合う存在として、チームを大きくしていた香織からすれば、雅の率いるチームは異常だった。雅に対して仲間であるはずの全員が彼を恐れ、彼の発する一言一言に怯《おび》えていた。

『仲間相手に育てたって、てめえは馬鹿か！』

『仲間？　やだなあ、俺たちは香織の駒《こま》に過ぎないよ。従順な、ね？』

今思えば、あの頃の発言もなかなかやばかったなとダリアは呆れた。香織に対する感情がとにかく重く、執着《しゅうちゃく》されていたが、今の調子だと今世でも……と思い、ゾッとした。

「頼むからこっちの世界ではウチに付き纏うなよ？　今世だと……そうだアジュガ！　アジュガがいいんじゃねえか？　ヘデラの側近だし」

「へえ、俺の前で他の男の話をするんだ？」

「あー、嘘だろ前世と一緒のパターンじゃねえか……」

雅にとって香織は唯一《ゆいいつ》心を許した相手であるがゆえに、執着心と独占欲《どくせんよく》がすごい、と香織自身は思っていた。しかしそれは、ひな鳥が初めて見たものを親だと思い込む刷り込みみたいなもので、そこに別の感情が含まれているなどとは想像したことすらない。

「いいか？　アジュガは幼少期からヘデラの側にいて、ずっと支えてきたんだ。強い絆《きずな》でふたりは結ばれているだろ？」

「いいや、今となっては香織の命を奪うかもしれない危険要素なんだ。いっそのこと何か罪を着せて一生牢獄《ろうごく》の中で暮らしてもらうか、国外追放、もしくは処け……」

「待て待て待て！　なに無実の人間を陥《おとしい》れようとしてんだ！」

あまりにも突拍子《とっぴょうし》もないことを話し始めるヘデラを、ダリアは慌てて止めた。

「香織は怖くないの？　直接手にかけられるかもしれないのに」

「そりゃある程度警戒はしてっけど……ゲームのダリアと違って今のウチは鍛えてるし、そう簡単には負けねえよ」

「俺はもう二度と香織を失いたくないんだ。今度は必ず君を守り抜く。そのために危険要素は取り除いておくべきだろう？」

まるでナイトのようなセリフに不覚にもキュンとしてしまったダリアだが、すぐに否定した。

「ダメだ！　いくらゲームの世界とはいえ、生身の人間として生きてるんだ。それを妨害《ぼうがい》するわけにはいかねえだろ」

「それで香織が守れるなら問題ないよ」

「問題大アリだこの馬鹿！　もしアジュガに手を出そうものならウチが絶対に許さねえからな！　一生口きかねえぞ」

「そこまで庇《かば》う必要ないと思うな。アジュガは今も君を警戒しているし……まあ、香織にそう言われたら従うしかないね。俺は君には従順だから」

「いや、どこがだよ！　付き纏うなっつってもついてくる奴が！」

「ははっ」

笑って誤魔化《ごまか》すヘデラに、前世からなんだかんだとダリアは本気では怒れなかった。

「……ったく、本当に雅は相変わらずだな」

「香織もね。見た目は違えど中身は俺が捜し続けた君のままだよ」

「見た目……って、そうだ。この前世の名前で呼び合うの、今後はなしにしねえか？　なんかヘデラを雅って呼ぶのも、ダリアのウチが香織って呼ばれるのも違和感がすげえ」

「それは……悲しいな」

「そもそも第二の人生を生きるって決めたんなら、そこは区別しねえと。もう前世のウチらはいねえんだから、な？」

「それもそうか。ヘデラとして使える特権は駆使《くし》するつもりだし、慣れていかないとね」

「特権って……何する気だ？　いや、やっぱ言わなくていい」

「もちろん皇族の権力を……」

「言わなくていいって！」

嫌《いや》な予感がしたダリアは、あえてヘデラの言葉を遮った。

その後もふたりは前世の話や今世での話をしながら、長い夜の時間を共に過ごす。

ヘデラと話すまでは命の危機に不安を覚えていたダリアだが、安堵のせいか、次第《しだい》に眠《ねむ》気《け》が襲ってきてバルコニーの椅子で眠りそうになってしまう。

そんなダリアをヘデラは愛おしそうに見つめ、そっと抱き上げた。

「ん？　雅……？」

「そのまま寝《ね》てて。ベッドまで運んであげるから。少しだけ部屋にお邪魔するよ」

「ありがと……ヘデラ」

きちんと名前を言い直しつつ、ダリアはヘデラに体を預ける。

「まさか香織が俺に甘えてくる日が訪れるなんて思いもしなかったな」

ふっと笑みをもらすと、ヘデラはダリアを彼女の部屋のベッドまで運ぶ。

「ああ、もう香織と呼んだらいけないのか。君に俺の名前を呼んでもらえるの、嬉しかったんだけどなあ」

残念そうな声ではあったが、ダリアの寝顔《ねがお》を見つめるヘデラの姿は幸せに満ちている。

「まあいいか。今世でも君に出会えたから」

ダリアの髪にそっと触《ふ》れながら、ヘデラは先ほどのダリアとの会話を思い返していた。

「君の最期……か。忘れていてくれて良かったと思うべきか」

その言葉の意味はヘデラにしかわからない。聞こえてくるのは小さな寝息《ねいき》だけだった。


そこは、煌《きら》びやかなシャンデリア、壁《かべ》には宝石がちりばめられた装飾品がいくつも飾《かざ》られている豪華絢爛《ごうかけんらん》な部屋。

「あら、やっと戻ってきたわ。それで、今回はどうだったの？」

ソファには腰を下ろして扇子で口元を隠しながら話すひとりの女性。

部屋に負けず劣《おと》らず宝石や金の刺繍《ししゅう》が輝くドレスを身に纏った女性は、目の前で跪《ひざまず》く男にそう尋《たず》ねた。

男は震えながら多量の汗を流し、小さな声で恐々《こわごわ》返答した。

「も、申し訳ございません……早い段階で計画がバレてしまい、第一皇子の暗殺は失敗。刺客も全滅《ぜんめつ》で……」

「……あら？」

女性の声に、男は肩をビクッと跳《は》ねさせた。

明らかに険のある声だ。

「よく聞こえなかったわ。もう一度教えてくださる？」

「も、申し訳ございませんっ！　侵入は容易《たやす》かったのですが、その後が」

「確か、マーデル公爵家にスパイを潜《ひそ》ませているから、ご安心をと言ったのはそちらよね？」

「我々も想定外のことが重なってしまい……」

「はあ……言い訳はうんざりだわ。どこの誰だったかしら？　第一皇子を暗殺し、守れなかった罪でマーデル公爵家にも罪を負わせ、力を殺《そ》ぐ一石二鳥の機会だと言っていたのは」

どこか落ち着いている冷たい声が、さらに男の恐怖心を駆り立てた。

「ア、アグネス侯爵夫人《こうしゃくふじん》が手柄を横取りしようとしてきたんです！」

ため息《いき》を吐《つ》いた女性に怯えながらも、男は新たな情報を口にした。

女性の動きが止まる。

「……ほう？　夫人が？」

「は、はい！　侯爵家の長女が我々の送った刺客を倒したのです！　第一皇子と公爵家を救ったとして、第一皇子派に取り入り、機会を狙うつもりなのです！　怪しいと思っていました、アグネス侯爵夫人が娘《むすめ》の入団試験を許すなど……我々の手柄を横取りして皇后様にアピールするつもりなのです！」

必死に言い訳をする男に、女性――この国の皇后は、高笑いをした。

「あっははは、おかしいと思っていたのよね。あの侯爵夫人が娘を騎士にさせようとするわけがないって。なるほど、これは考えたわね」

「そ、そうです、そうですよね……！」

「はーっ、おかしい。けれど、その手柄を簡単に横取りされるのは自業自得《じごうじとく》なんじゃないかしら？　それに、きっとアグネス侯爵家の邪魔が入らなくても失敗に終わったはずよ。あまりにも事を急ぎ過ぎたのだから」

皇后はじっと男を見つめる。

感情の一切《いっさい》ないその視線はひどく冷たく、男は再び多量の汗をかきはじめる。

「貴方の敗因はヘデラを甘く見過ぎたことよ。あの子は一筋縄ではいかないの。死んだと思わせておきながら、何事もなかったようにのうのうと帰ってくる男なのよ」

「そ、そんな！　こちらもあと一歩のところでした！」

「貴方は私が間違っているとでも言いたいのかしら？」

「ひっ、そのようなつもりは……」

「ここはアグネス侯爵家に期待しましょう。……たかがひとりの女子に倒されるくらいの弱い刺客しか用意できない貴方にもう用はないわ」

「も、申し訳ございません！　どうか最後にもう一度チャンスを……！」

男は床に頭をこすりつける勢いで土下座をする。

「……そうねえ、まあアグネス侯爵家の娘の話は面白かったから、考えてやらなくもないけれど」

「で、では……」

「ええ。また追って連絡《れんらく》するから待っていてちょうだい。その代わり、もう二度と失敗は許されないことよ。約束できる？」

「か、かしこまりました！」

男が部屋を後にすると同時に、皇后は声を上げた。

「……誰か」

「はい、皇后様」

すぐさま皇室騎士団の制服を着た男が入ってきた。

「さっきの男を始末してちょうだい。もちろん……わかってるわよね？」

「御意《ぎょい》。自死に見せかけて処分いたします」

皇后は満足げに笑い、ゆっくりとソファにもたれかかる。

「それから、アグネス侯爵夫人に手紙を送るから準備してちょうだい」

「かしこまりました」

扇子で顔を扇《あお》ぎながら、皇后はふっと意味深な笑みをもらしていた。

第四章

入団式は皇宮《こうぐう》内で大々的に執《と》り行われる。

「すげえ……この部屋のもん全部売ったらいくらになんだろ」

入団式当日。ダリアたち新入団員は皇宮の一室で待機していた。緊張《きんちょう》からか、落ち着かない団員がほとんどだったが、ダリアは部屋の内装に圧倒《あっとう》されていた。

「今から入団式って時に、何を呑気《のんき》な……」

シランは呆《あき》れたようにため息を吐《つ》く。

「この制服もすごく良《い》いですよね。身軽だし、デザインも格好いいです！」

ダリアは長い銀髪《ぎんぱつ》を後ろで高くひとつに束ね、皇室騎士団《きしだん》の証《あかし》である金龍《きんりゅう》の紋章《もんしょう》が入った制服を身に纏《まと》っている。改めて騎士になったのだと実感し、期待に胸を膨《ふく》らませていた。

「どうですか？　似合っていますか？」

「まあ、悪くはないんじゃないか」

素直《すなお》に褒《ほ》めないあたり、シランらしいとダリアは思い、小さく微笑《ほほえ》む。

「シランも似合ってますよ。格好いいですね」

制服姿のシランは、ゲームに出てくる彼そのものだった。照れた様子でそっぽを向き、ダリアに「うるさい」と言う姿は普段《ふだん》とギャップがあって可愛《かわい》らしい。

しばらくして新入団員が呼ばれ、入団式の会場へと移動する。

本来ならば皇帝《こうてい》が出席し、騎士たちへ激励《げきれい》の言葉を賜《たまわ》るはずだったが、この日は体調不良とのことで第一皇子のヘデラが代わりに挨拶《あいさつ》することになった。

皇帝の代理がヘデラということは、もはや次期皇太子《こうたいし》と対外的に言っているようなものである。

「新たなる皇室騎士団の入団者に出会えたことを、非常に嬉《うれ》しく思う」

今年の入団者たちに向け、定型文を口にするヘデラ。

しかし未来の為政者《いせいしゃ》候補の言葉に、新入団員はもちろん、誰《だれ》ひとりとして耳を傾《かたむ》けぬ者はいない。

ヘデラの挨拶が終わった後、次に登壇《とうだん》したのは騎士団長と副騎士団長だった。

がっしりとした体格に高身長の騎士団長は、その見た目からも強さを物語っている。

圧倒的《あっとうてき》な威圧感《いあつかん》に、多くの新入団員が息を呑《の》んだ。

（貫禄《かんろく》がすげえ！　そういや、シランの父親なんだよな？）

見た目はあまり似ていなかったが、強面《こわもて》の騎士団長は随分《ずいぶん》整った顔立ちをしている。ただいかつさが先行して、多くの人が初対面で萎縮《いしゅく》するというのも頷《うなず》ける話だ。

(イケオジって感じだな。シランも歳《とし》を重ねたらこうなんのか……?)

ダリアが横にいるシランを見てそんなことを考えていると、呆れた顔をしたシランにぼそっと声をかけられる。

「おい、ちゃんと話を聞いてるのか」

「もっ、もちろんですとも」

ダリアはすぐに気を引《ひ》き締《し》め直す。

騎士団長の話が終わると新入団員の寮生活《りょうせいかつ》が始まる。本格的な訓練は明日からだ。

初の女性騎士となったダリアも、個室を与《あた》えられたものの基本は男性騎士と同じ寮《りょう》で生活することになる。珍《めずら》しい女性騎士のダリアは注目の的だった。好奇心《こうきしん》を向ける者もいれば、目の敵にしている者もいる。

じろじろ見てんじゃねぇ！　とついメンチを切りたくなるダリアだが、ここはぐっと我《が》慢《まん》した。

(向こうから喧嘩《けんか》売ってくれたら楽なんだけどな……正当防衛になるから)

「ダリア、初日から問題を起こすなよ」

周囲を警戒《けいかい》しているのに気づかれたのか、後ろから歩いてきたシランに釘《くぎ》を刺《さ》された。

「問題を起こす前提なのはひどくないですか？」

「今にも他の騎士に襲《おそ》い掛《か》かりそうな形相だったぞ」

「そ、そんなことある……かも。でも、念願の騎士になったんです！　笑顔《えがお》で切《き》り抜《ぬ》けてみせます」

ダリアはトラブル、ダメ、絶対……！　とニコニコと笑ってみせたが、そうは問屋が卸《おろ》さない。

「団長、納得《なっとく》できません。なぜ国を守る皇室騎士団に女がいるのです」

「我々の足を引っ張るに決まっています」

ダリアの採用に不満を持つ騎士たちが、団長に詰《つ》め寄《よ》っている場面に出くわしてしまう。

「彼女は実力で入団試験に合格している。立派な騎士だ」

団長の低い声に、空気がピリついた。騎士団員らは威圧を感じて臆《おく》したようだが、それでも不満は止まらない。

「き、きっとアグネス家の力添《ちからぞ》えがあったに違《ちが》いありません」

「そうですよ。第一、ぬくぬくと育てられた令嬢《れいじょう》に騎士など務まるわけがありません」

ダリアの入団を認めたくないのはわかる。しかし、決めたのは皇室騎士団だ。これ以上の戯言《たわごと》は、皇室騎士団への侮辱《ぶじょく》にも繋《つな》がる。

「鬱陶《うっとう》しいな……」

「おい、落ち着けダリア」

異変に気づいたシランが止めに入ろうとしたが、時すでに遅《おそ》し。ダリアは彼らの前に躍《おど》り出《で》ていた。

「団長。私に文句がある奴《やつ》……人とお話しする時間をいただけませんか？」

（こういう奴らは力で黙《だま》らせるのが一番早《はえ》ぇ。剣《けん》で語り合おうじゃねえか。全員ボコボコにしてやる）

ダリアの気はとんでもなく短かった。一見落ち着いているように見せているが、内心、かなり苛立《いらだ》っていたのだ。

「入団早々、騒《さわ》ぎを起こすつもりか」

「私の入団が気に食わないんですよね？　入団試験をご覧になっていない先輩方《せんぱいがた》にご納得いただけないのも道理。であれば、今後のためにも、今ここでおわかりいただいた方が良いかと存じます」

団長の迫力《はくりょく》に怯《おび》える新人騎士が多い中、ダリアは全く動じていない。

少しの間沈黙《ちんもく》が流れた後、団長がため息を吐いた。

「……わかった」

「ありがとうございます！」

ダリアは団長に礼を言って深々と頭を下げると、文句を言っていた騎士たちににっこりと笑いかける。

「ということなので、私のことを騎士団員として認められない方は、前に出てきてください」

騎士団寮は、蜂《はち》の巣《す》をつついたような騒ぎになった。勝負は騎士団の鍛錬場《たんれんじょう》で行われることになり、ダリアに不満を持つ騎士たちが顔を揃《そろ》える。とはいえ、さすがに全員と対戦するわけにもいかない。そこで、騎士団長がルールを設けた。

「勝負はダリア・アグネスの三回勝ち抜き戦とする。不満のある者たちの中から、代表で三人出てこい」

(よっしゃあ、勝ち抜き戦なんてありがてぇ！　こいつら全員ぶちのめせばいいんだな)

レディース時代は倒《たお》れるまでの総当たり戦だっただけに、ひとりずつを相手にできる勝ち抜き戦は願ったり叶ったりだ。

「私が負けた場合は、即刻《そっこく》騎士団を退団します」

生半可な気持ちではないと、ダリアは覚悟《かくご》を口にする。正直、負ける気がしなかった。

「試合、始め！」

まずはひとり目。小柄《こがら》なダリアと相対すると、体格の差は歴然だ。

(こういう相手には長期戦に持ち込まれる前にとっとと片《かた》をつける！)

ダリアは体格の差を利用し、素早《すばや》く弁慶《べんけい》の泣き所を力いっぱい叩《たた》いた。倒れた相手の首筋に刃《やいば》を突《つ》き付《つ》け——あっという間に一勝。相手は何が起きたのかすらわかっていないようだ。

(実際、ヘデラやシランの方が断然速いし、強い……！)

そんなこんなでダリアは瞬《また》く間《ま》に三勝を上げ……騎士たちは大いに沸《わ》いた。

圧倒的な実力を見せつけられてなお、ダリアの入団に反対する者はいない。

こうしてダリアは、名実共に、皇室騎士団への入団を果たしたのだった。


「ダリア・アグネス嬢《じょう》」

本格的に騎士団の訓練が始まって二週間ほどが経《た》ったある日。

ひとりで寮の部屋へ戻《もど》っていたダリアは、突然《とつぜん》誰《だれ》かに呼び止められた。

(いつの間に……⁉)

声をかけられるまで人の気配を感じず、ダリアは警戒しながら振《ふ》り返《かえ》る。

視線の先にはスラッと背の高い、皇室騎士団の制服を着た団員が立っていた。

「貴方《あなた》は……？」

「俺のことはいい。お前に話をしに来た」

名も名乗らず上から目線の物言いが鼻についたが、ダリアは一目でこの男は強いと確信する。

「話とはいったい何でしょうか？」

「我々の目的は同じだ、そう警戒するな。主人もお前には相当期待している」

（主人……？）

ダリアは相手の目的が読めず、曖昧《あいまい》な反応しかできない。

男は足音を立てることなくダリアに近づくと、耳元で囁《ささや》くように言葉を放った。

「第一皇子を闇《やみ》に葬《ほうむ》り、第三皇子を立太子させるのが我々の使命」

「……っ」

（こいつ、第三皇子派か！）

第三皇子派は現在進行形でヘデラの命を狙《ねら》っている。ダリアは動揺《どうよう》を悟《さと》られないよう平静を保ったまま探《さぐ》りを入れる。

「それで？　私に何をしろと？」

「今日の夜、アグネス侯爵家《こうしゃくけ》の使いが来る。誰にも気づかれずに寮の裏に来い」

「使い……？」

騎士になって以降、アグネス侯爵家の人間がダリアのもとを訪《おとず》れることはなく、さすがの継母《ままはは》も騎士団に介入《かいにゅう》はできないのだろうと安心していた。

まさかこのような形でダリアと接触《せっしょく》を図《はか》ってくるとは……。目的を果たすためにお前は騎士になったのだろう。侯爵夫人《ふじん》は期待していたぞ」

「何を躊躇《ためら》っている？　いったい何のことを言ってるんだ？　ひとまず従うふりしておくか）

（目的を果たす？　わかりました」

「今日の夜ですね、

ダリアは素知らぬ顔をして答える。

「お前の役割はその時にわかるだろう」

男は何事もなかったようにダリアの横を通りすぎ、その場を立ち去る。

次に振り返った時にはもう男の姿はなく、いったい何者なんだ？　とダリアはボソッと呟《つぶや》いた。

その日の夜、皆《みな》が寝静《ねしず》まった頃《ころ》、ダリアはひっそりと寮の外に出た。

「ダリア様、遅いですよ」

「……げっ」

指定の場所に辿《たど》り着《つ》いたダリアを待っていたのは、幼少期からダリアの虐《いじ》めに加担していたアグネス家の男女の使用人だった。

「誰かに見られたらどうするおつもりですか」

「あれほど人を待たせるなと奥様から学びましたよね？」

男女の使用人は、ダリアが昔のままだと思っているのか明らかに見下している。

（クソ野郎《やろう》どもが！）

ダリアはすぐさま殴《なぐ》り掛かりたい衝動《しょうどう》に駆《か》られたが、ぐっと息を呑み堂々とふたりに近づく。

「気づかれて困るのは貴方たちの方でしょう？　私になんらかのお願いをするのですから」

もう過去のように背中を丸め、相手の機嫌《きげん》を気にするようなことはない。ダリアの態度にふたりはたじろぎながらも言《い》い募《つの》る。

「その様子だと、奥様のお怒《いか》りを買っていることをご存じないようですね」

「勝手に騎士になられた時の、旦那様《だんなさま》や奥様の気持ちがおわかりですか？　女が騎士になるなど、邪道《じゃどう》で恥《は》ずかしい……と」

くだらない物言いに、ダリアは呆れてため息を吐いた。

「前置きは結構です。用件は手短にお願いします」

ダリアは戯言《ざれごと》に付き合ってはいられないと用件を急《せ》かす。

「……チッ、何様だと思ってるんだか。いいでしょう、奥様はダリア様にチャンスをお与えになりました」

「旦那様からお聞きしました。ダリア様が皇都《こうと》に来る際に、第一皇子殿下《でんか》がなぜかご一緒《いっしょ》だったとか。さらにマーデル公爵家《こうしゃくけ》とも懇意《こんい》にしている、と。奥様はとても信じられないようでしたが、政敵に取り入ったこの機会を無駄《むだ》にしないようにと」

そう言ってふたりはダリアに封筒《ふうとう》と巾着袋《きんちゃくぶくろ》を渡《わた》す。

「……これは？」

「第一皇子殿下派であるマーデル公爵家を嵌《は》めるための重要な証拠《しょうこ》です。ダリア様は近く開催《かいさい》される第一皇子の誕生祭までに、皇室騎士団の団長室にこの封筒を隠《かく》しておいてください。団員なのだから、忍《しの》び込むなど容易《たやす》いでしょう？」

「それからこの巾着袋の中身は毒薬です」

ダリアの心臓がドクンと大きく音を立てる。

渡された巾着袋の中身を確認《かくにん》すると、小さな瓶《びん》が入っていた。

「第一皇子殿下に近づいて、隙《すき》を見て飲ませてください」

「第一皇子殿下が無理なら……マーデル公爵家の当主である皇室騎士団長か、小公爵でも構いません。第一皇子派の有力な後《うし》ろ盾《だて》を殺害する、これが奥様がダリア様にお与えになったお役目です」

「無事役目を果たしたら、奥様はダリア様をお認めになるでしょう」

ふたりは簡単に殺人の要求をした。

（本気で第一皇子を暗殺するつもりなのかあの継母は。しかもそれをウチにやらせようとするなんて）

ダリアの騎士団入団を、皇子の暗殺に利用しようとは……！　いくら性根《しょうね》が腐《くさ》った継母だろうと、そこまでするとは思ってもみなかった。ダリアは内心怒りに震《ふる》える。

「では、良い報告を待っています」

「ダリア様でも役に立つことがあるのですね」

ふたりは最後までダリアを見下す態度を変えないまま、その場を後にした。

ひとりになったダリアは、思わずその場にしゃがみ込む。

（陰謀《いんぼう》の協力だけじゃなく、人を殺せと……？　継母が引き返せないところまで来てんのに、親父《おやじ》は何してんだ）

最後に父親と会った時、忠告したはずなのにと奥歯《おくば》を噛《か》み締める。

「……本物のクズだ」

それはもう、救いようがないほどの。

（そっちがその気なら、ウチも黙っていられねえ。継母たちの……第三皇子派の好きにはさせない）

ダリアはそう心に決めるのだった。

継母に好き勝手はさせない――そう決めたものの、考えるのが苦手なダリアに結局打つ手はなかった。

「ダリア、最近ぼうっとしてることが多いがどうしたんだ？」

「え？　そうか？」

シランに指摘《してき》されて、ダリアは手元が疎《おろそ》かになっていたことに初めて気がついた。

（いっけね……訓練に集中できてなかった。とはいえ、指令の件どーすっかなぁ。へデラに会いに行きてぇんだけどなぁ……）

いっそヘデラに全部ぶちまけるのがいいのでは？　と思ったものの、一介《いっかい》の騎士が第一皇子に気軽に会うことなどできず、ひとりで思《おも》い悩《なや》む日が続いていた。

「さすがに訓練の疲《つか》れが溜《た》まってきたのかもしれません……あはは」

ダリアは笑って誤魔化《ごまか》した。本当のことを言ってシランを巻き込むわけにもいかない。

「明日は休みなので、息抜《いきぬ》きに出かけて気分転換《てんかん》してきますね」

「……それなら俺も」

「残念だけど、先約は俺だよ」

ふいに聞こえてきた声に、ダリアは驚《おどろ》きと共に振り返った。そこにはヘデラと、その後ろにつくアジュガの姿がある。ここ数日で一番会いたかった人の登場に、ダリアの顔が喜色に染まった。

「ヘデラ第一皇子殿下にご挨拶申し上げます！」

「……楽にして構わないよ」

（ヘデラに会えるとは思わなかったな。さっそく話してえ！　どうにかふたりっきりになれねえかな……）

ヘデラは自分を見て嬉しそうにしているダリアに、一瞬《いっしゅん》意外そうな表情を見せたが、すぐに柔《やわ》らかな笑《え》みを浮《う》かべる。

「今日はどういったご用件で？」

ダリアが勇んで訊《たず》ねると、ヘデラがにこやかに答えてくれる。

「騎士団長に言伝《ことづて》があってね。ちょうどダリア嬢にも用があったから、立ち寄ったんだ」

すると、ヘデラの登場に気づいた他の団員たちが慌《あわ》ただしく礼に駆けつけてくる。

「あぁ、ダリア嬢以外は訓練に戻ってくれて構わないよ。シラン、君も」

しかしヘデラはダリア以外をさっさと追い返した。名指しされたシランは、顔をしかめたまま一度だけヘデラに視線を向けると、頭を下げて訓練へと戻っていく。

「よく彼と一緒に訓練しているね」

へデラはシランに視線を向けながら、ダリアに問いかけた。

「ええ。シランは強いので！　同期なのにすっごく勉強になるんです」

「へぇ、ただの同期なのに互いに名前で呼び合うんだ？」

「げっ……あ、いえ、仲間として名前で呼び合うのは当然かと思います」

嫉妬《しっと》の色を感じ取ったダリアは、前世を思い出して「面倒《めんどう》くせぇ」とげんなりする。

（前世でこいつに執着《しゅうちゃく》されてロクなことなかったからな。女からは嫉妬されるわ、なぜか男からは敬遠されるわで……）

中でも女性の嫉妬はひと際面倒だったと、遠い目になる。

「団員同士で名前で呼び合うのは禁止しようか」

「は……？」

「訓練に集中してもらうよう、私語も慎《つつし》むように」

「き、今日のご用件は？」

このままでは変な騎士団ルールが出来上がってしまう！　とダリアは慌てて話を逸《そ》らす。

「明日、皇都に出かけよう」

「えっ」

「今度の俺の誕生祭に、君を招待することにしたから」

「それって、あの、騎士として、ですよね……？」

「何を言っているんだい。令嬢としてだよ。ドレスを仕立ててもらわないとね」

「なんのために⁉」

ダリアはすでに騎士として生きている。それなのに令嬢として招待されるなど、正直迷《めい》惑《わく》でしかない。

「婚約者候補《こんやくしゃこうほ》の選抜《せんばつ》だよ。伯爵位《はくしゃくい》以上の令嬢は、参加が義務付けられているんだ」

「……っ‼」

ダリアは思わず口元を覆《おお》う。

ゲームでは婚約者候補に選ばれたことで、ダリアは破滅《はめつ》の道を辿るのだ。

騎士になることでそのルートからは外れたと思っていたのに……。

「つまり、私も候補のひとりだと……？」

「そうだよ。侯爵家の令嬢だからね」

ヘデラはダリアの正体を知っている。にもかかわらずどうしてこんなことを言うのだと納得ができない。

「そんなの横暴です！　それに、私はもう騎士なのですから……」

「皇室からの招待を断るのは難しいと思うよ。あぁ、誕生祭に参加することは絶対だから。明日、迎《むか》えに行くね」

「そんな……私、ウチは」

(婚約者候補になんて選ばれたくねえ！)

前世で香織《かおり》は乙女《おとめ》ゲームにハマっていることを隠していたが、雅《みやび》に秘密の趣味《しゅみ》がバレてからというもの、何度かゲームの内容について語ったことがあった。だからアジュガがヤバい奴だと知っているのはおかしくない。

とはいえ断片的《だんぺんてき》な説明ばかりだったので、プレイしていなければ到底《とうてい》ストーリーの細部までは理解できていなかったのだろう。だからダリアが婚約者候補に選ばれるということは、破滅エンドに向かうということがわからないのだ。

「あのな雅、実はダリアは」

「……安心して。大丈夫《だいじょうぶ》だよ」

自分から禁止したのに前世の名前で呼びかけてしまったダリアに、ヘデラは一瞬相好を崩《くず》すと、安心させるように微笑んだ。

「君を破滅なんてさせないから」

そう言ってヘデラは先ほどとは違う笑みを浮かべた。

(不安しかねえ……本当に大丈夫なのか？)

ダリアはヘデラの笑みにゾッとした。昔から雅がこうして微笑んでいる時は、大抵良からぬことを企んでいたと思い出すからだった。

翌日。

ヘデラは騎士団寮の前まで皇室の紋章が入った馬車で堂々と迎えに来た。

「なんつー豪華《ごうか》な馬車で迎えに来てんだよ……目立つだろ‼　変装もしてねえじゃねーか！」

ダリアはいつものように男装していたが、ヘデラは変装すらしていない。いつも側にいるアジュガの姿もなかった。

「今日は侯爵令嬢《こうしゃくれいじょう》と皇子として出かけるんだよ？」

ヘデラがダリアのかぶっていた帽子《ぼうし》をとると、長い銀髪がさらりと零《こぼ》れる。

「だからってふたりきりだなんて……アジュガは？」

「置いてきた。その方が相手も油断するだろう？　さっそく君を利用しようとしている人たちがいるみたいだしね」

ヘデラには侯爵家の使いが接触してきたことをまだ伝えていない。しかし、まるで知っているような口ぶりにダリアはドキリとした。さすがにこの場で話すことではないと、ダリアは慌てて馬車に乗り込む。苦笑《くしょう》しながらヘデラも乗り、ダリアの隣に座った。

「それで？　ここ最近元気のなかった理由を教えてくれるかな？」

「な、なんで知って……!?」

騎士団に入ってダリアがヘデラに会ったのは昨日が初めてだ。なぜダリアの様子を知っているのだろう。

「聞きたい？」

「聞きたくねえ！　お前、ほんと変わんねえな……」

前世でもなぜか雅は香織の行動を把握《はあく》していて、事あるごとに香織の前に現れていた。GPSでもついているのかと思ったものだが、問い詰めても笑顔で流され、真相はわからずじまいだった。

「ほら、ひとりで抱《かか》え込まず一緒に解決しよう？」

今世ではそのヘデラの優《やさ》しさが、ダリアの迷いを消す。ダリアは、継母の計画をヘデラに包《つつ》み隠さず伝えた。

「……それで、これが渡された毒薬なんだ。これを使って殺せって……なんでこんな酷《ひど》いことができんだよ」

「それは辛《つら》かったね」

「いや、別にウチのことじゃなくて」

「君のことだよ。曲がったことが嫌《きら》いな君なら、そんな依頼《いらい》をされただけで許せなかっただろうに」

「……ああ、許せねえよ。その場であいつらをふざけんなって殴り飛ばしてやりたかったぐらいだ」

ダリアは使用人たちの言いざまを思い出すだけで、怒りで暴れだしそうになる。

「それにしても、俺の誕生祭を狙ってくるとは、第三皇子派は予想通りの動きをしてくれるね」

「気づいてたのか……？」

「ある程度はね。皇室主催《しゅさい》のものだから、多くの貴族が参加する。第三皇子派としては絶好のチャンスだと思ったんだろう。それはこちら側も同じなのに」

ひどく冷静な物言いだった。

命を狙われて危険な状況《じょうきょう》にあるはずなのに、あまりに落ち着いたヘデラの様子がダリアは不思議だった。

「ヘデラは怖《こわ》くないのか」

「怖くないよ。俺が最も恐《おそ》れていることは、ひとつだけだから」

「死ぬより怖いことがあんのか？」

「そういえば、相手が渡してきた騎士団長の部屋に仕込んでほしい重要な証拠って、今も持ってる？」

ダリアの問いを、ヘデラはさらりとかわす。おそらく聞かれたくないことなのだろう。

雅は昔から、ふとした瞬間《しゅんかん》に壁《かべ》を作る癖《くせ》がある。執着する割に、自分には踏《ふ》み込ませない。そのことを香織としては歯がゆく思ったものだが、だからといってその一線は、越《こ》えてはいけない気もしていた。

「あ、ああ、ここに」

ダリアは言われるまま封筒を取り出し、ヘデラに手渡《てわた》す。

「なるほど。今回の第三皇子派の狙いはマーデル公爵家か」

中身を確認したヘデラは、ふっと小さな笑みをもらした。ダリアも使用人たちから受け取った後、自分の部屋で見たが、亡《な》くなった第二皇子の死の真相は、マーデル公爵家による暗殺だと仄《ほの》めかす内容が書かれていた。

「これって……」

「おそらく第二皇子の死の事実を捏造《ねつぞう》して、マーデル公爵家になすりつけ、追い落とすつもりだろう。こっちが本命か」

「本命？」

「第一皇子派の勢力を削《けず》るのが今回の狙いだ。さすがに君が俺に毒を盛るのは難しいと思ったんだろう」

皇室に次ぐ権力を持つ公爵家が倒れたら、形勢は大きく変わると言っても過言ではない。

「でも、第二皇子が亡くなった証拠を捏造するなんて今更《いまさら》じゃ」

「多分だけど……第二皇子は第三王子派に殺されたんだ。だからこの証拠ってやつも本物だろう」

「はぁ⁉　第二皇子は事故じゃなく、第三皇子派に殺されてたってことか？　そんなの酷すぎんだろ……人の命をなんだと思って」

命を軽く見て、欲に目が眩《くら》んでいる。そのような相手には酌量《しゃくりょう》の余地もないとダリアは思った。

「そういや騎士団でかなり強そうな男に声をかけられたけど、心当たりはあるか？　相手は第三皇子派の人間で、主人がどうとか言ってたな」

「見た目の特徴《とくちょう》は覚えてる？」

「ゲームではモブっぽい、パッとしねえ感じだったな」

「ふっ、喩《たと》え方が独特すぎるよ」

ダリアの説明に、ヘデラは噴《ふ》き出《だ》す。

「わ、笑うなよ！　他には……地味で暗い感じの見た目で……」

「さっきとあまり変わってないよ」

ダリアは必死に思い出そうとするが、ゲームの主要人物のようにカラフルな髪《かみ》や瞳《ひとみ》の色ではなかったため、地味な印象だとしか説明できなかった。

「なんか目的は同じだとか、主人がウチに期待しているとかなんとか……」

「第三皇子派の手練《てだ》れの皇室騎士団員か。だとしたら、皇后《こうごう》の近衛隊《このえたい》の可能性が高いね。それだと君を監視《かんし》している可能性もあるから、嘘《うそ》でも団長室に忍び込むフリをした方が良さそうだね。マーデル公爵には俺から話を通しておくよ」

「ああ、わかった。それより……近衛隊ってなんだ？」

「皇室騎士団の中でもいくつかの部隊に分かれるんだ。最初に説明されなかった？」

「うっ……」

「君のことだから、話に集中していなかったんだろうね」

「うるせえ！　マジで説明が長かったんだ！　まるで校長のなげえ話みたいで……」

その時のことを思い出し、嫌そうな顔をするダリアを、ヘデラは微笑ましく見つめてくる。視線に耐《た》え切れなくなったダリアは先を促《うなが》した。

「そ、それより話の続きは？」

「ああ、近衛隊は皇族を護《まも》る重要な役割を担《にな》っているからね、実力者が多いんだ」

「へえ……強い奴が近衛隊に選ばれるのか」

「今から君を俺の近衛隊として任命する日が待ち遠しいよ」

「……ん？　なんでヘデラの近衛隊になる前提なんだ？」

「それが運命だから仕方がないよ」

　ヘデラはやけに嬉しそうに笑っていて、ダリアは嫌な予感がした。

「あのさ、もう前世の時みてえにしつこく絡《から》んでくるのはやめろよ？　これからお互い忙《いそが》しくなるだろうし。ヘデラなんて今、後継者《こうけいしゃ》争い中なんだろ？」

「争いと呼べるほど大層なことじゃないよ。結果はわかりきっているし」

「大層なことだろ！　つーかお前、本当に皇帝になりたいのか？」

　暴走族のトップと国のトップでは規模が全然違う。ヘデラにその覚悟があるのか、ダリアは気になって尋《たず》ねた。

「なりたいよ、皇帝に」

　覚悟……とは到底言《い》い難《がた》い薄笑《うすわら》いを浮かべるヘデラを見て、ダリアの背に悪寒《おかん》が走る。

「そういう君は今後、どうしたいの？　騎士になるだけで満足するタイプじゃない……やっぱり狙うは騎士団長の座？」

「あぁ、そうなりてぇとは思ってる。今は強くなることに必死で、そこまで考えられてねえけど」

「そう急ぐ必要はないからね。けれど男尊女卑《だんそんじょひ》の思考が強いこの国で、初の女性騎士が国を代表する皇室騎士団を統率《とうそつ》するっていうのは、考えただけでもわくわくするね」

「おお……！」

　ヘデラの話を聞いて、ダリアはトップに立つことの具体的なイメージを脳内に描《えが》くことができた。

　ダリアが指揮をとり、男女問わず実力者が集まった騎士団を引っ張っていく。そう、入団式で見た騎士団長のように。

「いいな、それ。すげえかっこいい！」

「君に似合うと思うな。今から楽しみだよ。俺は皇帝として、君は騎士団長としてこの国を守り、引っ張っていくんだ」

　すっかりその気になったダリアは、気合を入れるように両手を握《にぎ》りしめる。

「そのためにも、悪い膿《うみ》は早く取り除かないとね。さ、城下に着いたよ。どうするかはこれから考えて、今日は息抜きしようか」

「えっ、せっかくやる気になってたのに」

「今日は俺とお出掛《でか》けって言ったよね？　君のドレスを選ぼう」

「本当にドレス着るのかよ……」

　ダリアがうんざりした顔をするも、ヘデラは気にせずダリアの手を取って馬車を降りた。着いたのはオーダーメイドの店のようだ。店内に入ると客はおらず、店先にはオーナーが、その後ろにはスタッフがズラリと並んで待っていた。

「お待ちしておりました」

　まさにそこは貸切《かしきり》状態で、ダリアはすぐにヘデラが権力を使ったとわかった。

「別にここまでする必要は……」

「君の晴れ舞台《ぶたい》をお粗末《そまつ》にはできないからね」

そこから始まるドレスの試着。

「まあっ、夜空に浮かぶ星のように美しいですわ。こちらはいかがでしょう」

（さすがはダリアだな、どのドレスでも似合う……けどだな）

オーナー自らダリアのドレスを選んでいて、何度も褒めては次のドレスの試着を勧《すす》められる。マーデル公爵家でのドレス選びより長引き、ダリアの精神力は削られていくばかりだ。

へとへとになり、ヘデラに終わらせてくれと目で訴《うった》えかけるも、ヘデラは楽しそうに口を開いた。

「気に入ったドレスはあったかい？」

「もうどれも素敵《すてき》でした！」

「どれも気に入ったのなら、すべていただこうか」

早く終わってくれと言わんばかりに適当に返しただけなのに、何を勘違《かんちが》いしたのか、ヘデラは試着したドレスをすべて買うと言い出した。

「何を言ってるんですか⁉　そんなドレス、寮には置けませんよ」

「大丈夫。宮殿《きゅうでん》に専用の部屋を作っておくから。オーナー、手配をよろしく頼《たの》む。今着ているドレスはそのままで。君に良く似合っているよ。さ、次は食事でもしようか」

「ちょっ、殿下！」

ダリアは言葉の意味を追及《ついきゅう》しようとしたが、本当に試着したドレスをすべて購入《こうにゅう》してしまう。

「ヘデラ、さっきのはどういう意味だよ？」

馬車での移動中、ダリアはヘデラを責めるように話す。

「どうって？」

「ドレスは全部買うわ、専用の部屋を作るとか言い出すわで、店員さんに愛されてますねって誤解されたんだけど⁉」

「好都合だよ」

「はぁ？」

「君に惚《ほ》れている第一皇子。その噂《うわさ》が第三皇子派の耳に入ったら、相手は喜ぶだろうね。君が自分たちの味方だと思い込んでいるんだから」

「まさか、わざと……」

だとしたら、納得するしかないのか？　とヘデラに振り回されていることをいささか不服に思いながら、次にやってきたのは、これまた貸切の高級レストラン。

皇都屈指《くっし》の高級食材をふんだんに使った店で、前世からダリアの好物だった肉料理が用意されていた。

「はあああ～！」

さすがのダリアもおいしそうな料理が目の前に出されれば興奮し、ドレス選びの疲れも一気に吹き飛んだ。

「うま～っ！　なんだこれ、口の中でとろける……！」

「そんなに急いで食べなくても大丈夫だよ」

「うますぎて食べる手が止まんねーんだよ。ほら、ヘデラも早く食べろって！」

ダリアを見つめてばかりのヘデラは、あまり食べようとしない。

むしろダリアを見ているだけで満足している様子だった。

「じゃあ次はアクセサリーを買いに行こうか」

「えっ、まだ行くのか⁉」

これで終わりかと思いきや、次にジュエリーショップへと連れていかれる。

そこでも大人買いするヘデラの金遣《かねづか》いの荒《あら》さを心配するダリアだったが、当の本人はまったく気にしていなそうだ。

「あーっ、すげえ疲れた！　ヘデラ、お前無駄遣《むだづか》いしすぎだろ！」

完全に疲れ切っていたダリアは、ヘデラの前では素のまま接している。

「この程度じゃ痛くもかゆくもないよ。それに君に似合うものが多いから」

「そりゃダリアのこの容姿だからな。つーかあんなに買ったところで、着る機会もないと思うんだけど……いいのか？」

「すべて着る機会があるから大丈夫だよ。今回の俺の誕生祭は始まりにすぎないからね」

「すげえ怖いこと言うなよ。二度とごめんだ」

ダリアはヘデラの言葉に身震《みぶる》いする。こんなに疲れる買い物、一度きりで十分だ。

「はあ、あとは当日を待つだけか」

「そうだね」

「あのさ、ヘデラ……親父のことなんだけど。継母が来てから、アグネス侯爵家は変わっちまった。実際今回の件に親父も関与しているかもしれねえ。もしそうだったら、遠慮なく断罪してくれ」

「……わかった。君の頼みとあらば、全力で引き受けるよ」

「これから気を引き締めていかねえとな……」

そう言いつつも、今日一日の疲れが帰りの馬車でダリアを襲い、眠気《ねむけ》が訪れる。

「まだ到着《とうちゃく》までかかるから、眠《ねむ》っていて大丈夫だよ」

「ん、じゃあそうする……」

ダリアはヘデラにもたれかかるなり、すぐに眠りについた。

馬車が揺《ゆ》れるたび、ダリアの体が不安定に揺れ、ヘデラはそっとダリアの肩《かた》を抱《だ》く。そ

のままダリアの顎《あご》をすくい上げて口元をじっと見つめた。

以前負っていた傷はきちんと治っているようだ。

「香織……君を苦しめていた存在は、しっかり排除《はいじょ》するからね。君の顔を傷つけただけでも許し難いのに、さらには君の優しさを利用して暗殺の命まで……」

ヘデラはダリアが香織だと確信してから、彼女がいかに侯爵家で苦悩《くのう》してきたかを調べ上げていた。今度の誕生祭で、きっちりその制裁を受けてもらうつもりだ。

「父親か……下手に侯爵位を降りられても、後々面倒だな」

ようやくこの世界で香織を見つけたのだ。利用できる地位を利用しない手はない。

「……ううん」

馬車の揺れにダリアが小さく反応した。ダリアが側にいる。それだけでヘデラの心は満たされた。いつものように、ダリアの頬《ほお》をするりと撫《な》でる。

「……俺は今、君のおかげですごく幸せだよ」

第五章

ヘデラの誕生祭を一週間後に控《ひか》えたある日、ダリアは皇后《こうごう》からお茶の誘《さそ》いを受けた。

（なんで急に？　でも皇后って第三皇子派《おうじは》の黒幕みたいなもんだよな……？　よし、この機にウチが皇后の化けの皮を剥《は》がしてやろう！）

ダリアが自分たちの味方だと思っているうちに、情報を得ようと目論《もくろ》んだダリアは、誘いを受けた。突然《とつぜん》だったこともありヘデラには今回のことは伝えず、ひとりで皇后の宮へと向かう。

「こちらで皇后様がお待ちです」

（あっ、あの男は！）

部屋に入るなり、真っ先にダリアの視界に入ったのは、以前騎士団《きしだん》の寮で声をかけてきた男の姿だった。ヘデラの言う通り皇后の近衛隊《このえたい》だったようだ。

そして、部屋の中央に置かれた豪華絢爛《ごうかけんらん》なソファに座っていたのは、皇后と……もうひとり、華奢《きゃしゃ》な少年。

「失礼いたします。皇后様、ダリア・アグネス様がいらっしゃいました」

「ダリア・アグネスです。この度《たび》はお招きいただき、誠《まこと》に光栄に存じます」

案内の従者に促《うなが》され、ダリアは皇后の前で淑女《しゅくじょ》の……ではなく騎士の礼をする。

皇后は三十代前半くらいの若々しい見た目をしていた。薄紫色《うすむらさきいろ》の髪《かみ》はセットアップされていて、エメラルドの瞳《ひとみ》が優《やさ》しい印象を与《あた》える。

皇后が黒幕に違《ちが》いない――と勢い込んでいたダリアは、貫禄《かんろく》のある冷ややかな女性を想像していただけに意外な気持ちだった。

「母上、この方が噂《うわさ》の女性騎士なのですか？」

「そうよ。一度貴方《あなた》に会わせたかったの」

「僕も会いたいと思っていたのです！　ありがとうございます」

無邪気《むじゃき》な少年は、まさに天使のような可愛《かわい》らしい笑《え》みを浮《う》かべる。

(母上ってことは、この少年が第三皇子？)

思わぬところで第三皇子に会ってしまったようだ。

「ダリア嬢《じょう》、お待ちしておりました。聞いていた噂以上に美しい方ですね」

「もったいないお言葉でございます」

しかも第三皇子に好意的な言葉をいただいてしまい、ダリアはますます調子がくるう。

「この子は私の息子《むすこ》よ。ほら、挨拶《あいさつ》してちょうだい」

「あ、自己紹介《しょうかい》がまでしたね！　僕はスグリです」

「はじめまして。ダリア・アグネスと申します」

スグリは金髪《きんぱつ》に、皇后と同じエメラルドの瞳をしていて、その顔立ちにはまだあどけなさが残っていた。

「スグリ、貴方はこの国の皇子なのですよ。敬語を使う必要はありません」

「申し訳ありません……つい癖《くせ》で」

スグリは眉《まゆ》を下げて笑う。

（なんか、皇后も第三皇子も儚《はかな》げっていうか、物々しい感じが全然しないな。むしろ守ってあげたくなるような）

本当に第三皇子派は極悪《ごくあく》非道なのかと疑いたくなるくらいだ。しかし――。

「貴方が礼儀《れいぎ》を尽《つ》くす相手は、皇帝陛下《こうていへいか》と私だけなのですから」

皇后の言葉には引っかかるものがあった。

（そこにヘデラは入ってねえんだ……あからさまだな）

「えへへ、気をつけます」

「さ、ここからは私とダリア嬢でお話があります。貴方は部屋に戻《もど》りなさい。次の授業があるでしょう」

「わかりました！　ではダリア嬢、またお会いしましょう！」

皇后に注意されたばかりだというのに、スグリの敬語は抜《ぬ》けないようだ。もともとその話し方が染《し》み付《つ》いているのかもしれない。

「可愛らしい子でしょう」

「そうですね……とても純真なお方だと思いました」

いつの間にか近衛騎士の男もいなくなっており、ダリアは皇后とふたりきりになる。

「あの子は可哀想《かわいそう》な子なの。異母兄《あに》である第一皇子からは冷たくあしらわれ、もうひとりの異母兄、第二皇子とは関わる機会もなく亡《な》くなられて……孤独《こどく》なのよ」

(孤独って、そうさせたのはあんたら率いる第三皇子派なんだろ?)

どの口が言っているのだと思ったダリアだが、もちろん声には出さない。

「私はあの子を孤独から救いたい。そのためにもあの子を皇帝の椅子《いす》に座らせたいの。民《たみ》から愛され、家臣から慕《した》われ……独りではないと証明してあげたいのよ」

良《い》いように話しているが、先ほどの優しげな皇后の表情からは一転、その目には欲望の色が宿っていた。

「だからこそ今度の誕生祭での失敗は許されないの」

核心《かくしん》に迫《せま》る皇后の言葉に、ダリアはコクリと唾《つば》を呑《の》んだ。次に何を言われるのかと身構える。

「そういえば、ヘデラが貴女《あなた》のことをたいそう気に入っているという噂を耳にしたわ」

「そ、そんなことは……っ！」

「何を焦《あせ》っているの？　これはいい機会よ。惚《ほ》れた相手にならあの飄々《ひょうひょう》としたヘデラも警戒《けいかい》しないでしょうから、この間送ったものが役に立つのではないかしら。ね、ダリア嬢？」

まるで獲物《えもの》を狙《ねら》う蛇《へび》のような目つきでダリアを見ながら、皇后はヘデラの殺害を仄《ほの》めかす。この間送ったもの――継母《ままはは》を通して送られたもののことだ。やはり継母は第三皇子派、それも皇后と繋《つな》がっている。しかもヘデラの読み通り、第三皇子派はヘデラがダリアにご執心《しゅうしん》と思い込んでいるようだ。

「皇后様は、ヘデラ殿下《でんか》を恨《うら》んでおられるのですか」

ダリアはふと疑問に思い、恐《おそ》る恐《おそ》る尋《たず》ねた。

皇后としては意外な質問だったのだろう。一瞬《いっしゅん》驚《おどろ》いた表情を見せた後にぽつぽつと語りだした。

「皇帝陛下はね、私に愛などないの。ずっと前皇后……ヘデラの母親のことしか見ていなかったわ……病に臥《ふ》せった前皇后の側から離《はな》れず、その死後ようやく他に目を向けたかと思えば、次に選んだのは貴族でもない女官《にょかん》。しかもその女は第二皇子を出産……側室として上がった私がいたにもかかわらず。自分が惨《みじ》めで仕方がなかったわ」

落ち着いた口調で話しているが、皇后の言葉には棘《とげ》が交じる。

「どんな思いで私が今の地位についたか……私にはもう陛下なんか必要ない。スグリがその位に立てばいい。だから……あの女の息子が邪魔《じゃま》で仕方がないの。あの女のように嘘《うそ》くさい笑みばかり浮かべて、その瞳の奥では何を考えているのかわからない……彼が消えてくれない限り、私は心から安心できないのよ」

皇后はヘデラが憎《にく》くて仕方がない様子だ。完全に良い母親の仮面は剝がれ落ちている。

（いつの時代にも女の闘《たたか》いってのはあるんだな……だけど、それに巻き込まれる子どもはいい迷惑《めいわく》だよな）

「スグリ殿下は、その地位を望んでおられるのでしょうか」

ヘデラは皇帝になりたいと言い、実際に人望もその手腕《しゅわん》も持っているとダリアは思っている。逆に、儚げなスグリにその気はあるのだろうか。

「あの子は何も知らないわ、優しすぎるもの。ヘデラに対して劣等感《れっとうかん》は抱《いだ》いているようだけれど……可哀想な私の息子。だから私が皇帝にしてあげないと。夫人から話は聞いているでしょう？　今回の目的は、マーデル公爵《こうしゃく》家《け》の力を殺《そ》ぎ、第一皇子派閥《はばつ》を崩壊《ほうかい》させることなのよ。もちろん直接ヘデラを殺《や》れるなら、いつでも実行してちょうだい」

皇后の中で、ヘデラがいなくなることは決定事項《じこう》のようだ。となれば、ダリアとしても同情する余地はない。継母の関与《かんよ》も含《ふく》めて、彼らの計画をぶっつぶそうと決意する。

「期待しているわね」

「……はい、皇后様」

ダリアはそう言って部屋を後にする。

「ダリア嬢」

息が詰《つ》まる思いだった部屋から出て、足早に騎士団に戻ろうとしたダリアを呼び止めたのは、先ほど部屋に戻ったはずのスグリだった。

「少し僕とお話ししませんか？　母上には内緒《ないしょ》で」

スグリに誘われ、ダリアは躊躇《ちゅうちょ》したものの、断るわけにもいかず彼の部屋へと招かれる。

「あの、お話とは……」

「僕、実は兄上のように体が強くなくて、あまり部屋から出られないんです」

部屋の窓から外を眺《なが》めるその姿は、かつてのダリアと重なる部分があった。

「本当はもっと外に出て、自由になりたい……。女性初の騎士である貴女の噂を聞き、僕も貴女のように勇気をもって行動したいと思いました。いつか僕も、自由が手に入れられるでしょうか？」

瞳を潤《うる》ませて語るスグリに、ダリアは前世の妹分たちが自分を頼《たよ》り、慕ってくれていた日々を思い出す。きゅーんと庇護欲《ひごよく》がそそられ、ダリアは胸を張って答えた。

「ええ、もちろん！　手に入れられますよ」

（早くこの派閥争いを終わらせて、汚《きたな》い人間からスグリ殿下を切り離してやらねえとな！）

「本当ですか？　ダリア嬢の言葉なら信じられる気がします」

スグリは無邪気な笑顔《えがお》を見せ、ダリアはその笑顔を守るためなら何だってやってやると意気込むのだった。

「……いかにも単純そうな、馬鹿女だったなあ」

ダリアが外に出たのを部屋の窓から確認《かくにん》したスグリは、その後ろ姿を眺めながらふっと微笑《ほほえ》んだ。

「僕の求める自由は、皇帝の座だっていうこと、あの女にちゃんと伝わったのかなあ」

無邪気な笑みには程遠《ほどとお》い、腹黒い笑みを浮かべるスグリ。声のトーンも低く、まるで別人格のようにも見える。

「国の頂点に立ってこそ、好きなことができるんだ。ダリア嬢、僕は期待しているから……ああ、早く消えてくれないかなあ兄上」

どこか恍惚《こうこつ》とした瞳をしているスグリは、ヘデラが死ぬ姿を思い浮かべた。

それが今の彼の楽しみで、一刻も早く現実になることを願っていた。

翌朝。


ダリアは早くに起こされ、誕生祭の準備をさせられていた。

ヘデラの選んだ金色に黒糸が入ったドレスは、まるでヘデラの容姿を想起させる。

ドレスの着替《きが》えを手伝うヘデラの宮の使用人たちは、ダリアの姿を見てとても嬉《うれ》しそうにしていた。

（なんか、ここまでして第三皇子派を油断させる必要あんのか？）

ダリアはヘデラの色を纏《まと》った姿を鏡で見ながら、内心呆《あき》れていた。

「見てください。この髪飾《かみかざ》りは殿下が自ら選んだものなのです」

使用人が取り出したのは、ダリアの瞳の色を模したような、ルビーのついた髪飾り。銀色の髪に映《は》えていて、大人びた印象を与える。

（今度はウチの瞳をイメージして？　さすがにやりすぎな気が……）

「ダリア様がいらしてから、この宮は嘘みたいに雰囲気《ふんいき》が明るくなったのです」

「最近は殿下もとても楽しそうで、私どもも嬉しく思っています」

「そ、そうなのですね……」

使用人たちがヘデラを大切に思っているのであろうことは、その反応だけでわかる。

「殿下の母君である前皇后様は、まだ殿下が幼い頃《ころ》に病で亡くなられてしまい……殿下は寂《さび》しい思いをしておられたと思います」

「ある日を境に、殿下は変わってしまわれました。どこか生きるのを諦《あきら》めたように感じる時もありましたね」

（あいつ……どんだけ使用人に心配かけてんだよ）

前世からそうだったとダリアは思った。周りから信頼《しんらい》されて慕われているのに、どうしてか彼の心には届いていない。

表面上では彼も周囲を受け入れているように見えるが、実際には誰《だれ》にも心を許していないのだ。

だからこそ心を許した相手……前世では唯一《ゆいいつ》ダリアに心を開き、その結果執着《しゅうちゃく》されてしまったわけなのだが。

（今世では大丈夫《だいじょうぶ》……だよな？）

自然にヘデラと関わる機会が増えていることに対して、ダリアの懸念《けねん》が募《つの》る。また前世のように、付き纏われるのではないかと。

嫌《いや》がるほどではなかったが、相手にするのは面倒《めんどう》だとため息を吐《つ》いた。

「ダリア様、ヘデラ殿下がお見えです」

「あっ……はい。通していただいて構いません」

着替えが終わったタイミングでヘデラが部屋にやってきた。それと同時に使用人がささっと部屋から出ていく。

「……綺麗《きれい》だね」

部屋に入るなり、ヘデラの第一声はそれだった。

「そりゃあ、ダリアの素がいいもんで」

ヘデラの褒《ほ》め言葉に、ダリアは謙遜《けんそん》したりはしない。中身がどうであれ、ダリアが可愛いのは当たり前である。

「その美しさは君だからこそなんだよ」

「上手《うま》い口だな」

息を吸うように褒めるヘデラにダリアは呆れた顔をして、鏡で自分の姿を見る。

「はあ～やっぱダリアは綺麗だなあ！　見ろよこの流れるような銀髪《ぎんぱつ》！　前世で染めてもこんな見事な銀色になんねえぞ」

「ゲームならではの髪だね」

「それに瞳だって本物のルビーみたいじゃないか？」

「そうだね」

「ヘデラも整ったビジュアルの、まさに皇子！　って感じだよな」

ダリアはさすが攻略《こうりゃく》キャラだよなぁとまじまじとヘデラを見つめる。興味津々《きょうみしんしん》に見られるのが嫌だったのか、ヘデラはダリアから視線をそらした。

「典型的なキャラだけどね」

「皇子様キャラはたくさんいるけど、タイプは違うからな」

ヘデラにしては自嘲的《じちょうてき》な物言いに、ダリアはそれも個性だと返す。するとヘデラは視線を改めてダリアに向けて問うた。

「君から見たヘデラの印象は？」

「ヘデラはとにかく優しくて、思いやりがあって、正義感も強い一途《いちず》な皇子様！　って感じかな」

「じゃあ君の好みのタイプは？」

「ウチは……」

流されるまま答えようとして、ダリアは口を閉《と》ざす。

（あっぶねぇ。こいつ、下手なこと言ったらぜってぇウチの好みに合わせてきそうな気がする！）

ダリアはその手には乗るかとあえて正反対な好みを告げた。

「人に執着せず、相手の立場に立って物を考え行動し、ウチが嫌がることをしねぇような

「……」

「それって俺のような人間は無理だっていう意思表示？」

「ヘデラはもっと人と関わった方がいい。心から！」

その執着癖《しゅうちゃくぐせ》はどうにかした方がいいとダリアとしては本気で心配しているのだ。

「俺は君さえいてくれれば他に何もいらないよ」

「ウチが嫌なんだよ！」

「仕方がないよ。俺をこうさせたのは他でもない、君なんだから」

ヘデラになっても変わらない依存《いぞん》体質に、ダリアはため息を吐いた。

「ウチが何したっていうんだよ……とにかく、絶対にウチの邪魔はすんなよ！」

「君の力になれることを願うよ」

いい笑顔で応えるヘデラに、ダリアは力が抜ける。

「じゃあそろそろ行こうか、ダリア」

「今日の主役はヘデラだろ？　エスコートする必要はないからさっさと行け！」

ダリアはヘデラの背中を押し、半ば強引《ごういん》に部屋から追い出した。

「はあ〜、っとに疲《つか》れる相手だな」

聡明《そうめい》なのか抜けているのか。ダリアの前では思考力が低下するヘデラにため息を吐きながら、ダリアも遅《おく》れて誕生祭の会場へと向かう。

するとその会場入り口で、最も会いたくない人物と鉢合《はちあ》わせしてしまう。

「あら、もしかしてダリアお義姉様《ねえさま》？」

「ノンアゼリアっ、どうしてここに……」

「なあに？　私も参加するのよ。スグリ殿下がいらっしゃると聞いて、婚約者《こんやくしゃ》になるためにアピールするのよ」

ノンアゼリアは上機嫌《じょうきげん》に話している。

「それにしても……お義姉様にしてはまともな格好をしているじゃない。まさかお義姉様も婚約者候補の座を狙って？　身《み》の程《ほど》知《し》らずにもほどがあるわ」

馬鹿にしたように笑うノンアゼリアに、この義妹《ぎまい》は相変わらずだな、とダリアは半笑いになる。相手にするのもバカバカしい、と黙《だま》っていたが……。

「騎士になるなんて恥知《はじし》らずなお義姉様。私にこんなお義姉様がいることが恥《は》ずかしくて、お友達に合わせる顔もないわ……なのに巷《ちまた》ではヘデラ殿下に気に入られたとか噂になっているじゃない。前に消息不明になったというあの皇子殿下でしょう？　生きる価値のないお義姉様とすっごくお似合いだと思うわ」

「黙れ」

ダリアはノンアゼリアを睨《にら》みつける。

自分のことは正直何を言われても構わない。だが、ヘデラのことを何も知らないのに好き勝手言うのは我慢《がまん》ならなかった。

「な、何よ、その態度は。お義姉様のくせに。いい？　お義姉様の役目は私を皇后にすることなのよ」

両親からずっとそう言われてきたのだろう、信じて疑わない様子だ。

（こいつ、自分の親が裏で何をやっているのかも知らねぇくせに）

いい加減我慢も限界だ。彼らの悪行を暴露《ばくろ》してやろうか、と思った時だった。

「ノンアゼリア、ここにいたのね……おや、お前は」

「お母様、お父様！」

現れたのは、ダリアの父親と継母だった。ふたりとも、ダリアが着飾《きかざ》った姿でこの場にいることに心底驚いたようだ。

しかしすぐさま我に返り、先に口を開いたのは継母の方だった。

「まるであの女の生き写しね……気分が悪い」

継母はダリアを睨みつける。ダリアを通して前侯爵夫人《こうしゃくふじん》――母親を思い出したのだろう。屋敷《やしき》にいた時以上に憎々《にくにく》しげな目を向けられた。

「それで、計画は順調なの？」

不自然に距離《きょり》を詰められたかと思うと、父親の方を気にしながらダリアに小さな声で尋ねてくる。

（本当にこの女は、ウチがくだらねぇ計画に加担すると思ってんだな。いったいその自信はどこから来るんだ？）

ダリアは満面の笑みを浮かべて「もちろんです」と返した。

「貴女が騎士になったと聞いた時は世も末だと思っていたけれど、まさかこんな使い道があるとはね。貴女の価値がなくなるまでは見限らないであげるから、精々頑張《がんば》るのね」

「!!」

ダリアの中から「我慢」という文字が消《き》え失《う》せた。

「クソば……」

「ダリア！」

あわやダリアの拳《こぶし》が上がるその瞬間《しゅんかん》、聞こえてきた声に振《ふ》り返《かえ》ると、そこにはローズとシランがいた。

ふたりはダリアの両親の姿を見つけるなり、ダリアを隠《かく》すようにして彼らの前に立ちはだかった。

「これはこれは、アグネス侯爵家の方々ではないですか」

「なっ、いきなり割り込んできて、いったい貴女は何……」

「申し遅れました。わたくし、ローズ・マーデルと申します。こちらは弟のシランです」

「マーデル公爵家の令嬢《れいじょう》とご子息《しそく》！　んんっ、こちらこそ、無礼を失礼いたしました」

皆《みな》まで言わせずローズが身分を明かすと、相手が格上とわかった継母はすぐさま態度をころりと変え、丁寧《ていねい》な礼をとった。

「謝罪は結構よ。それより、ダリア嬢をお借りしていきます。行きましょう、ダリア」

「えっ」

ローズは早口で継母にそう告げると、ダリアの腕《うで》を引いてその場から立ち去る。

「あの、ローズ様……」

シランも黙ってついてきているが、ふたりともなぜか険しい表情だ。両親の姿が見えなくなったところで、ローズは足を止めたかと思うと勢いよく振り返った。

「あの方たちがダリアの家族なの？　なんの話をしているかまでは聞こえなかったけれど、彼らはまるでダリアを見下すような態度だったわ」

「大丈夫だったか？」

ふたりとも、ダリアを心配してあの場から連れ出してくれたようだ。

(あっぶねえ……ふたりが来てくれなかったら、今頃《いまごろ》継母をぶん殴《なぐ》っちまってた。計画に支障が出ていたかもしれねえ、ふたりに感謝だな)

冷静さを取り戻したダリアは、ふたりに微笑んでみせる。

「ありがとうございます。ローズ様、シラン様」

ダリアの表情を見て、ふたりは安心したようだった。ダリアが家族に冷遇《れいぐう》されているように見えたのだろう。実際そうだとはいえ、ダリアとしては計画がおじゃんになる方が問題だった。

「それにしても今日のダリア、すごく素敵《すてき》ね！　その金色のドレスも黒い線が入っていてお洒落《しゃれ》だし、ルビーの髪飾りも銀髪に似合って……ってこれ、完全な匂《にお》わせじゃなくて⁉」

（やっぱりそう思うよなあ）

ダリアは何も言い返せず、ローズの言葉にむしろ心の中で頷《うなず》いていた。

「ヘデラ殿下ったら、まだ婚約者候補の発表すらしていないというのに……すでに心に決めた人がいるってアピールする気？　危険よダリア、お願いだからこれもつけなさい」

そうしてローズから渡《わた》されたのは、青く輝《かがや》く石のついた耳飾《みみかざ》りだった。

マーデル公爵家を象徴《しょうちょう》する青色だ。ダリアが身につけることで、マーデル家と懇意《こんい》な関係だと主張することができる。

「それからシランも」

ローズに促され、シランもまた、使用人から箱を受け取りダリアに手渡した。

「これ、姉上と見に行ったんだが……ダリアに似合いそうだと思って」

箱の中身は真珠《しんじゅ》のネックレスで、ヘデラが用意したドレスといい感じに調和していた。

「あら、やっぱりいいじゃない。さすが我が弟のセンスは素晴《すば》らしいわ」

「シラン様、ありがとうございます」

「っ、ああ」

シランはふいと視線を背《そむ》けた。いつも剣《けん》を交えている相手のドレス姿なんて直視できなかったのかもしれない。

（そうだよな……ダリアの容姿は紛《まが》う方なき美少女だと思うが、普段一緒《ふだんいっしょ》につるんでる相手のいつもと違う様子ってなんか……背中がかゆくなるよな）

「ダリア、わたくしの可愛いシランを誘惑《ゆうわく》しないでちょうだい」

「えっ、そのようなつもりは……」

ダリアは自分が思っていたのと真逆の突《つ》っ込みを受けて、素《す》っ頓狂《とんきょう》な声を上げる。

「自覚なしというのが余計に困るわ。ヘデラ殿下もさぞお困りでしょうね」

「は？　どうしてそこにヘデラ殿下が出てくるんです？」

ますますローズの言っている意味がわからない。そんなダリアにお構いなしに、ローズは畳《たた》みかける。

「ヘデラ殿下と一緒にいる時はわたくしも呼んでくださいませ。あの人が他人に振り回される姿を想像しただけで胸がすく思いだわ。あの余裕《よゆう》そうな表情が崩《くず》れる時を、必ずこの目で見てやるのよ！」

（なんかよくわからんが、ヘデラがローズに恨まれてるってことは理解した）

ゲームではふたりが不仲だと思われる場面などなかったため、根本的にヘデラとローズの相性《あいしょう》が合わないのだろう。

そう結論づけつつ、ダリアたちは誕生祭が行われる会場内に入った。そこにはすでに多くの貴族が集まっていて、ダリアは煌《きら》びやかな場所に酔《よ》いそうになる。

(うっ……夜の繁華街《はんかがい》より眩《まぶ》しいな)

まさに絢爛豪華《けんらんごうか》、という言葉がぴったりの会場に一瞬たじろいだダリアだったが、用意されていた飲み物や食べ物を見るとすぐにいつもの調子を取り戻した。

(うまそ~!　これ、食べていいんだよな!)

会場はいつ皇族が登場するのかとそわそわしている空気が流れていた。そんな中ダリアは、すっとテーブルに近づくと、そこに並ぶ料理をパクパク食べ始める。食が細かったダリアも、騎士の訓練を積むうちに胃袋《いぶくろ》が強くなっていた。今では体力仕事をこなすためにそこそこの食事量になっている上、用意された料理がとても美味《おい》しく、食べる手が止まらない。

目をらんらんと輝かせながら料理を口に運ぶダリアに、ローズは呆れ顔だ。

「令嬢ともあろう者が……」

「いや、出された料理は全部食べねぇとバチが当たるってばあちゃんが」

「「ばあちゃん??」」

「お、おばあ様、が。いやねおほほほ」

ローズとシランの重なった声で素が出ていたことに気づいたダリアは、慌《あわ》てて取《と》り繕《つくろ》う。

そこに、皇族登場の合図が響《ひび》いた。皇帝、皇后、そして第一皇子のヘデラが微笑みながら現れ、会場の注目を一気に引き付けた。その後ろに第三皇子、スグリが続く。

「今日は私のために足を運んでくれたこと、感謝する」

本日の主役であるヘデラの簡単な挨拶が終わると、すぐさまわらわらと大勢の貴族がヘデラを囲んだ。

しかしその態度はあからさまで、ある貴族の男は第一皇子に取り入るために、ある貴族の令嬢は、第一皇子の婚約者候補を狙って……と、純粋にヘデラを祝う気持ちで接している雰囲気ではない。

（こんな場所で暮らしてたら、息も詰まるよな……あいつも肉、食べたいよな……）

呑気《のんき》に料理を食べられる環境《かんきょう》というのは、実はありがたいことなのだと改めて気づく。

そんな中、いきなりひとりの男――第三皇子派閥《はばつ》のジョルネ伯爵が声高《こわだか》にヘデラに陳情《ちんじょう》し始めた。

「ヘデラ殿下！　このような晴れの舞台《ぶたい》で申し上げることではないのは重々承知の上ですが、申し上げたき儀《ぎ》がございます」

「儀？　いいだろう、申してみよ」

「感謝いたします、殿下。私は、第二皇子殿下の死の真相についてこの場で告発したく存じます」

その言葉に、会場中がざわめいた。一般的《いっぱんてき》には第二皇子は事故死とされている。それをあえて告発、ということは……。

「事故は予《あらかじ》め仕組まれた罠《わな》だったのです。事故のように見せかけて、第二皇子殿下は母親共々殺されました！」

伯爵の声は会場中に響き渡り、その場にいる皆が注目していた。

「告発と言うくらいだから、証拠《しょうこ》はあるんだよね？」

ヘデラは伯爵を睥睨《へいげい》すると、威圧《いあつ》を込《こ》めて訊《たず》ねる。

「もちろんでございます。まずは第二皇子の母親の侍女《じじょ》をしていた者の証言をお聞きください」

そうして中に入ってきたのは、緊張《きんちょう》に震《ふる》えるひとりの女性。彼女を見知っている人も多いのだろう。「確かに皇宮《こうぐう》で見たことがある侍女だ」と囁《ささや》く声が聞こえる。

「皇帝陛下、皇后陛下、ヘデラ第一皇子殿下、スグリ第三皇子殿下にご挨拶申し上げます」

「早く本題に入れ」

それまで黙って事の成り行きを見ていた皇帝が、急《せ》いた様子で声をかける。この侍女に早く話を聞きたいようだ。皇帝の言葉に恐る恐る侍女は顔をあげた。

「私は第二皇子殿下の母君の、侍女をしておりました」

侍女は一言一言、重みを込めて話し始める。

「ある日、私は見たのです。第二皇子殿下の乗る馬車の御者《ぎょしゃ》に金銭を渡し、事故に見せかけて馬車を崖《がけ》から転落させろと命令している人物を……その受け渡しをしている現場を」

「それは誰だ？」

「……マーデル公爵家の使いでございました」

侍女の言葉に、シランとローズは驚きの表情を浮かべた。

ダリアは公爵家を陥《おとしい》れようとする計画を知っていたため、驚かない。だが、ふたりは今回の件について何も知らないのだ。だからこそ、ふたりの反応がよりそれらしく周囲に伝わってしまう。

「偽《いつわ》りを申すな！」

ローズは侍女に対して怒《いか》りの声をあげた。

「偽りではございません。証拠もございます！　その計画で多額の金銭の受け渡しがございました。取引履歴《りれき》の書かれた書類が、必ずマーデル公爵家にあるはずです！」

（まあ、その証拠も第三皇子派がでっち上げたもんだけどな。てか、普通《ふつう》それだけでマーデル公爵家の仕業ってなるもんなのか？）

ダリアは強引に罪をなすりつけようとする第三皇子派の作戦に疑問を持った。

しかし今度は、マーデル公爵家の使用人による証言を用意してくる。その使用人は会場内に連れてこられ、朗々と告白し始めた。

すべて当主の指示だったこと。第二皇子を消すことで、より確実に第一皇子を皇太子に立てようと目論んでいたこと。

他にも、現段階で第三皇子の暗殺計画が進んでいることも話し始めた。

（よくもまああありもしねえことをベラベラと。聞いてらんねえぜまったく。それにしてもヘデラの奴《やつ》、ちゃんと策はあるんだよな……？）

ダリアはこの後の展開をあまり聞かされていない。

ただヘデラからすでに手を打ってあると聞いただけだ。

「そんな……お父様やお兄様がそのようなことをするはずが」

取り乱すローズと、彼女を支えるように立つシランに、ダリアはすぐにも「全部こいつらのでっちあげだ！」と言ってやりたかった。しかしここは我慢だ。

「陛下っ！　すぐにマーデル公爵家内を調べましょう！　もしくは騎士団長の部屋に証拠が隠されているかもしれません。第二皇子殿下が暗殺されたなど、聞き捨てならない事態です！　皇室の威厳《いげん》を示さねば！」

ジョルネ伯爵が畳《たた》みかけるかのように口を開いた。意気揚々《いきようよう》としていて、早く邪魔者を消したくて仕方がない様子だ。

「その必要はありません」

しかし伯爵の言葉を遮《さえぎ》るように、ヘデラが話し始めた。

「あまりにおかしくて笑いそうになりましたよ。私を祝う誕生祭の場で、このような茶番を……もしや私を楽しませるためにわざと？」

「な、何を仰《おっしゃ》っているのですか殿下！」

「貴方方《がた》が黙ったままでいれば、第二皇子の死は事故で済みましたが……罪を擦《なす》り付けようとするのならば仕方がないですね、本当は誰の仕業だったのかをこの場で明らかにしましょう」

ヘデラは一度、皇帝に視線を向ける。

「陛下、私もこちらに証人を連れてきてよろしいでしょうか。その者が真の犯人を示す証拠も持っています」

「……許可する」

皇帝の声は落ち着いていた。

ヘデラは一度頭を下げた後、証人を会場内へと呼ぶ。

やってきたのはヘデラの側近であるアジュガと、数名の皇室騎士団員。さらには疑われたマーデル公爵家の当主である騎士団長の姿もあった。

まさに精鋭《せいえい》部隊といっても過言ではない屈強《くっきょう》なメンバーに囲まれるようにして、ひとりの女性がやってくる。その姿を見て……皇帝は慌てたように立ち上がった。一方、隣《となり》に座《ざ》していた皇后は、驚愕《きょうがく》のあまり目を見張り、己《おのれ》の手から扇子《せんす》が落ちたことにも気づいていない様子だ。

その女性とは、第二皇子の馬車の事故に巻き込まれて、共に亡くなったはずの……第二皇子の母親だった。

馬車の事故で足が不自由となったのか、車椅子《くるまいす》での移動だった。さらに、事故の悲惨《ひさん》さを表すかのように、彼女の顔には大きな傷痕《きずあと》が残っていた。

「生きていたのか……！」

皇帝が過去に愛したふたりの女性。

ひとりはヘデラの母親の前皇后。もうひとりは、ヘデラの母が病に臥《ふ》せっている時に皇帝を励《はげ》まし、恋《こい》に落ちた女官。彼女はやがて、第二皇子を出産することとなる。

死んだと思っていたはずの愛する女性が生きていた。その事実に皇帝は興奮を隠しきれない様子だ。

「今まで何をしていた！　なぜ生きていることを教えてくれなかったのだ！　私がこれまでどんな想《おも》いで生きてきたと！」

現皇后が見ている前で、自分のことしか考えておらず、未練タラタラに第二皇子の母親を責める皇帝の姿はとても醜《みにく》い。

まさかの展開に、ダリアは前世のドロドロしたテレビドラマのようだと思った。第二皇子の母親は、車椅子に座したまま淡々《たんたん》と述べる。

「死と隣《とな》り合《あ》わせで生きることは辛《つら》かったのでございます。私が生きていることが知られたら、きっとまた命を狙われる……息子は私の腕の中で息を引き取りました。皇帝陛下……貴方は必ず私たちを守ると誓《ちか》ってくださいましたよね。それがこの結末ですか？　真犯人どころか、私を匿《かくま》ってくださったマーデル公爵家に犯行の罪を着せ、それを黙って見過ごすおつもりですか。そうやって、我々が亡くなったことを事故と片付けて名誉《めいよ》すら守ってくださらなかった皇帝陛下は、今度は……」

第二皇子の母親はその場に泣き崩れた。

「これは、私が馬車の事故現場で見つけた、伯爵家の紋章《もんしょう》が入ったブローチです。先ほどのジョルネ伯爵が仰った内容は、自身の手で行ったことをマーデル公爵家に置《お》き換《か》えて話していたのでしょう。彼の屋敷を調べてください。すぐに証拠が出てくるはずです」

「……い、今すぐ伯爵家の屋敷を調べろ！　すぐにだ！」

皇帝が叫《さけ》ぶ。ダリアの目には威厳があるように見えた人物が、焦ったように指示を出す様は滑稽《こっけい》なものだ。

「陛下、私からもよろしいでしょうか」

罪を着せられそうになったマーデル公爵家の当主である騎士団長が口を開く。

「第二皇子殿下が暗殺された事実を知った我々は、母親である彼女を匿う中で、皇族を狙う悪を根絶すべく調査に乗り出しました。そして、先頃《さきごろ》の第一皇子殿下の暗殺未遂《みすい》により、とある貴族の関与が浮かび上がったのです。そうですね？　アグネス侯爵」

（ついにか……）

先日のダリアの告白を受けて、ヘデラはアグネス侯爵家を調べたのだろう。そして確たる証拠をもってこの場を設けたに違いない。

（血の繋がってない継母はともかく、父親を売るってのは気分が悪いな……さすが、悪役令嬢の所業ってか）

父親に対する愛情などあるはずもないと思っていたのに、想像していた以上にこの断罪はダリアの中に何とも言えない罪悪感をもたらした。だが──。

「アグネス侯爵。私がアグネス領において襲撃《しゅうげき》された殺害計画、および毒物による暗殺未遂について、貴方の口から、奥方《おくがた》──アグネス侯爵夫人の悪事を、告発ください」

「！」

ダリアはヘデラの言葉に目を丸くした。父親が継母を告発、ということは、父親は事件に関与していなかったということだろうか。驚きのあまり声も出せないダリアをよそに、父侯爵は己の知る限りの妻の罪状を淡々と述べていく。

「あ、貴方！　なんてことを！　私たちは……アグネス家は破滅《はめつ》よ！」

「いい加減にしないか！　お前は私が何も言わないのをいいことに、中立であったアグネス侯爵家に余計な火種を持ち込んだ。代々、均衡《きんこう》を保つべき立場で家名を守ってきたものを……だが、こんな状態になるまで、放置し続けたのは私の責任だ」

父侯爵は、そう言ってダリアの方を見る。

「それを教えてくれたのは、ダリアだ。娘《むすめ》が自分の力で騎士になる道を歩むと知った時、いい加減目を覚まさなければならないと思ったのだ」

(親父《おやじ》……ウチの言葉、きちんと届いてたんだな)

二度と戻らないと覚悟《かくご》を決めて屋敷を出たあの日。餞別《せんべつ》代わりにと継母の所業を仄めかした。ヘデラの介入《かいにゅう》もあったかもしれないが、父親の協力なくしては、証拠は集められなかっただろう。

「そしてお前は、ダリアをも手にかけようとしたな？」

「……それはっ……」

「ヘデラ殿下が教えてくださった。ダリアを襲《おそ》った賊《ぞく》がいたと。私のつけた護衛が戻ってきた際に、その証拠を持ってきている。これ以上お前の好き勝手にさせるわけにはいかない。私と共に、裁きを受けよう」

父侯爵は、ここまでの事態を招いてしまった自らも、裁きを受けるべきと考えているようだ。ダリアは父の覚悟に、何とも言えず胸が痛くなった。

「嫌よ‼ 私はこんなところで終わるわけにはいかない！ 皇后様、そもそも私に指示を出されたのは、皇后様ですわよね！ すべては貴女様と第三皇子殿下のためにやったこと」

継母が皇后の関与を暴露し始めた。しかし、皇后は虫けらを見るような表情で継母に告げる。

「大人は何をおっしゃっているのか。ジョルネ伯爵共々、この場から連れ出してちょうだい」

場は混乱を極《きわ》めた。すると、ジョルネ伯爵が苦《くる》し紛《まぎ》れに何事かを叫ぶ。

「お前ら入れ！ こいつらをやるんだ！」

どうやら伯爵は会場の外に私兵を待機させていたらしい。

（おっ、ここからはウチの出番か！）

ダリアはドレスの中に隠していた剣を取り出し、すぐさま構える。

そう、ダリアはヘデラの着《き》せ替《か》え人形にされる中で、彼の言うままドレスを買う代わりに、ひとつ条件を出していたのだ。

すべてのドレスを、剣が仕込める仕様にしてほしい、と。ダリアは騎士のトップを目指している。優雅《ゆうが》に着飾っている場合ではない。いつかなる時でも、騎士として剣を振るえる状態にしておきたかったのだ。

皇室騎士団と伯爵の私兵がぶつかり合う中で、会場内に多くの悲鳴が上がる。

なんの罪もない人たちが巻き込まれるのを防ごうと、ダリアも加勢に入った。

ドレス捌《さば》きもなんのその。美しい少女の無駄《むだ》のない華麗《かれい》な動きは、多くの人たちを魅《み》了《りょう》した。

そもそも一介《いっかい》の私兵が精鋭の皇室騎士団に敵《かな》うはずもない。勝負は瞬《また》く間《ま》についた。

「放せっ！　私には、皇后様が付いているのだぞ！　そうですよね皇后様！　私をお助けください皇后様！」

「皇室に刃《やいば》を向けた反逆者を助けるなど、馬鹿げたことを申すな」

皇后の冷たい声が会場に響く。皇后も計画に加担していたと暴露されたはずだが、皇后はまるで初耳だとでも言うように意に介《かい》さない。その堂々とした態度に、誰もそれ以上言《げん》及《きゅう》できずにいた。

（継母たちを容赦《ようしゃ》なく切り捨てやがった……）

皇后がやったという明確な証拠があるかどうかは、この混乱の中で正確に確認することはできない。今はアグネス侯爵家とジョルネ伯爵の罪だけが明白だった。

「ダリア、裏切ったわね!?　よくも……これまでの恩を仇《あだ》で返す気なの!?」

「お義姉様！　ひどいわ！」

継母と異母妹は、この期に及《およ》んでまだダリアを責め立てようと詰め寄ってくる。

「アグネス侯爵夫人」

ヘデラの冷酷《れいこく》な声が継母を呼んだ。ヘデラの殺気ともいえる覇気《はき》にその場が凍り付く。

「娘であるダリア嬢に行った仕打ちの数々、すべて報告があがっている。そして此度《こたび》の私への暗殺の関与、皇族への反逆とみて無期禁固刑に処す」

「そんな……馬鹿な……」

腕を摑《つか》まれた継母と異母妹はその場に頽《くずお》れる。そんなふたりの前にダリアは剣を持ったまま堂々と立った。

「私は今まで、貴女たちを家族と思ったことは一度たりともありません。特に侯爵夫人。欲に目が眩《くら》み、罪を犯《おか》した貴女は罪人なのです。しっかりと償《つぐな》ってください」

ダリアは継母たちをバッサリと切り捨てる。継母はまだ何か恨《うら》み言《ごと》を吐《は》いていたが、騎士たちに連行されていった。

「ダリア……すまなかった」

「お父様……」

父親がはじめて、ダリアに向かって頭を下げた。ダリアとしてはそんな姿にどうしていいかわからない。父親は異母妹とともに、そのまま連行された継母についていくようだ。見て見ぬふりをした父親にはどのような沙汰《さた》が下るのか……。ダリアは家族の後ろ姿を見つめながら、小さく息を吐いた。

「安心するのはまだ早いわよ！　ダリアは大丈夫なの？　アグネス侯爵家が皇族の暗殺に関与していたとなると、ダリアも罪に問われるのではなくて？　そうだ、今すぐマーデル公爵家の養子になれば……」

「ご安心ください。その点はヘデラ殿下が動いてくださるようなので」

今回の件で、ダリアは早々にヘデラに協力を仰《あお》いでいた。その中でヘデラは、ダリアに累《るい》が及ばないよう取り計らうと言ってくれたのだ。ダリアとしては家を出た時点でアグネス侯爵家とは絶縁《ぜつえん》したつもりだったし、そのあたりはヘデラを信じて任せるしかない。

「まさか殿下に感謝する時が来るとは……」

ローズの言葉にダリアは苦笑《くしょう》する。

その後、他の貴族たちも退場するよう案内され、ヘデラの誕生祭は散々な状態で終わりを迎《むか》えたのだった。

扇子を投げる音、グラスの割れる音……大きな音が次々にその部屋に響いた。

「くそっ！　くそっ！　どうして私の思い通りに行かないの⁉　自信ありげに告発した伯爵も、娘に罪を暴かれたアグネス侯爵夫人も、他の貴族も……使えないやつらばかり！」

部屋で取り乱しているのは他でもない、今回の件を仕組んだ皇后だった。

髪は乱れ、ドレスもところどころ皺《しわ》になっている。

「何より、あの女がまだ生きていたなんて……こうしちゃおれない。一刻も早く見つけて殺さないと……殺さないと」

皇后の瞳には嫉妬《しっと》の色が宿っている。側室として愛されなかった日々を思い出し、怒りに震えていた。

侍女や護衛騎士は扉《とびら》の近くから一歩も動かず、ただ黙って皇后が落ち着くのを待つ。

「証拠を残すようなヘマはしていないからまだ大丈夫だけれど、いずれ……私の座も危《あや》うくなるわ。今すぐスグリを皇太子に立てないと私は……」

「母上、いらっしゃいますか？」

「っ、スグリ！」

荒《あ》れくるう皇后の部屋にスグリがやってきた。

「いったいどうされたのですか？　それよりも、二番目のお兄様の母君が生きていて良かったですね！」

「ああ、何も知らない可哀想な子……ごめんねスグリ。すぐに次の計画を立てるからね」

「そういえばダリア嬢、とても格好良かったですね！　僕、すごく感動しました！」

スグリは無邪気に笑う。目を輝かせ、まるで憧《あこが》れを抱いているような表情だ。

「あの娘は自分の両親や私を裏切ったのよ？　そのように言うのはやめなさい」

「裏切った……？　悪いことをしていたのは彼女のご両親なのですよね。それを成敗するなんて、すごい勇気だと思います」

「スグリ……」

何も知らないスグリの意見は正しく、皇后は言葉を詰まらせる。

「なので僕、母上にお願いしたいことがあって」

「お願い……？」

母親だけに聞かせるように耳元でこっそりと話すスグリのお願いを聞いた皇后は、ハッとした表情を浮かべた。

「そうね、ヘデラはあの娘を気に入っていたから……」

「はい！　だから皇室にとっても良いことだと思うんです」

「ふふっ、賢《かしこ》いわね私の息子は。今に見てなさいよ」

寄《よ》り添《そ》うフリをしながら母親がまた悪巧《わるだく》みをしているのを確認したスグリは、ニヤッと口角を上げるのだった。

皇帝はヘデラを呼び、誕生祭で起きたことの説明を求めた。

ヘデラは、本当に何も知らなかったのだなとため息を吐きつつも、皇帝に説明する。

「第三皇子派閥の貴族たちが第二皇子の死の真相をでっち上げ、マーデル公爵家に罪を着せようとしました。マーデル公爵家は私の後ろ盾《うしろだて》として絶大な力を持っています。それで私の力を殺《そ》ごうと考えたのでしょう」

「余計なことはいい。なぜ彼女は生きていた！」

「ああ、第二皇子の母親のことですか？　彼女もあの通り大怪我《おおけが》に見舞《みま》われました。ですが、息子が死んだショックで気絶していただけのようで、まだ意識がありました。駆《か》けつけた時にそれに気づいたマーデル公爵は、死んだことにして匿っていたそうです」

「なぜ私に黙っていた！」

「貴方が信用ならないからでしょう。どっちつかずで、いつ裏切られてもおかしくない貴方が」

「なっ……」

ヘデラの声のトーンが落ちる。今の皇帝相手に、己を偽る気はない。

「これから先、二度と貴方と彼女が会う機会は訪《おとず》れないでしょう。なぜなら、貴方は第二皇子が第三皇子派閥の手によって殺されたことを知っていた。にもかかわらず、黙認《もくにん》した貴方を、彼女がまだ愛していると本気で思っていらっしゃるのですか？」

「自分の威厳を守りたかっただけでしょう？　皇后に脅《おど》され、なす術もなく彼女を捨てたのならば、もう忘れた方がよろしいのでは？」

ヘデラは皇帝の心を抉《えぐ》るような言葉を並べる。

実際に皇帝は使用人だった彼女を側室にしたが、現皇后はそれを許さなかった。

「違う、それは……」

「では私はこれで失礼します」

ヘデラは皇帝に背を向けたが、すぐに何かを思い出したかのように振り返る。

「私の婚約者候補の件ですが、異議はありませんよね？」

「……」

「ないということですね。では、私の一存にて進めさせていただきます。ここまで引き延ばしてしまい申し訳ありませんでした」

ヘデラは軽く頭を下げたものの、謝るつもりは毛頭ない様子だ。そして改めて皇帝を見ると冷ややかに告げる。

「父上、今後もそうやって逃《に》げ続けるおつもりなら、引退をお考えになった方がいいかもしれませんね。まだ皇太子の座が空席のままですが」

言外にとっとと皇太子を立てろと遠回しに伝え、今度こそその場から立ち去った。

皇宮の廊下《ろうか》を歩いていると、前方からやってくるスグリの姿が見えた。

「あっ、兄上！」

スグリはヘデラを見つけるなり、嬉しそうに駆け寄った。

「スグリ。どうしたんだい？」

「僕、すっごく興奮したんです！　ダリア嬢が格好良くて！　兄上もそう思って惹《ひ》かれたんですか？　兄上がダリア嬢に気があるってこと、もう皇宮中で噂になっていますよ！」

スグリは無邪気な弟らしくヘデラに接する。

「そうか、少しは自重するべきだったかな？　スグリの目から見てもダリア嬢は素敵な女性だったか」

「はい！　本当に格好良くて……欲《ほ》しいなあと思いました。僕の側に置いておきたいです。そうすれば、兄上は悔《くや》しがってくれますか？」

突然、スグリの甘えるような声のトーンが落ちる。ヘデラはすっと目線を落とすと、冷たく異母弟《いぼてい》を睨みつけた。

「……残念だけれど、ダリア嬢は私の婚約者候補として近々公表されるんだ」

「やっぱりそうだと思っていました。なら僕は別の方法でダリア嬢を側に置くことにします。兄上の表情が崩れるのが楽しみでなりません」

スグリは含みのある笑みを浮かべ、ヘデラよりも先にその場を後にした。

ヘデラはスグリの本性《ほんしょう》を見て、ふっと微笑んだ。

「可愛い弟を持ったものだ」

ヘデラは再び歩き始める。

その表情には、相変わらず余裕が含まれていた。

「殿下、皇帝陛下のご様子はいかがでしたか？」

通路の先に控えていたアジュガが、ヘデラの姿を確認して声をかけてくる。

「問題ないよ、もうすぐ婚約者候補が発表される」

「しばらく第三皇子派は大人しくするでしょうし、殿下が身を固められる準備をされたとあれば、今こそ支持を集めるのにもってこいですね」

「どうだろうね。そろそろ本人が動き出しそうだけど」

「本人？」

「皇帝の座を誰よりも望んでいる張本人が、ね」

アジュガとしては、今回の一件でしばらく皇太子争いは落ち着くだろうと思っていた。

しかしヘデラは、すぐにも事態は動き出すだろうと考えていた。

「さあ、やることがたくさんある。早く終わらせよう」

ヘデラは婚約者候補に選ばれたと知ったダリアの表情を思い浮かべ、つい笑みをこぼすのだった。

事件後、継母は断罪された。

父親は此度の件を告発したこともあり、断罪は免《まぬが》れた。しかし、継母の罪を知っていながら止めずに静観していた態度などが問題視され、アグネス侯爵領地の一部を返還《へんかん》。当面の間、皇室の監視《かんし》付きで領地経営を行うこととなっている。ノンアゼリアは、母親が罪人となったことで、生き恥《いはじ》をさらすよりはと修道院に入ることになったようだ。

「ダリア、今まで本当にすまなかった」

父親が皇都を離れる前に、ダリアに会いにやってきた。

「私は……お前を見るたびに、カメリアを思い出して苦しかったんだ」

カメリアとはダリアの母親のことで、成長するダリアを見るたびに、愛していた母親がいない現実と向き合うのが辛かったのだと父親は告げた。

「だから私はお前を避《さ》けた。そして、あれの所業はもう取り返しがつかないところまで来てしまっていた。あれにも、ノンアゼリアにも申し訳ないことをしたと思っている。……だが、私はもう、現実から目を背けないと決めた。こんな私を父親だなんて思わなくていい。だが私はずっとお前の味方だ。立派な騎士になってくれ。もし何かあれば、私を利用してくれて構わない。いつでも待っているから」

父親の話が終わっても尚《なお》、ダリアは何も言えないまま。そして父親が馬車に乗り込もうとした時、ようやく口を開く。

「……お父様、どうかお体には気を付けて」

(ウチは今更《いまさら》謝ったところで許さねえぞって思うけど、ゲームのダリアは嬉しそうに笑って許すんだろうな)

ダリアなりの思いを込めて、そんな言葉を贈ったのだった。

「ダリア、騎士団長がお呼びだ」

ようやくいろいろなことが片付き、再び皇室騎士団で訓練に励んでいたある日。ダリアは団長室に呼ばれる。

「お前に、これを」

「これ、は……」

騎士団長から渡されたのは、皇室の紋章の入った手紙。そこには……。

「はいっ⁉」

ダリア・アグネスをヘデラ・グラディー第一皇子の婚約者候補に選定するという一文が書かれていた。

ダリアは言葉を失い、開いた口が塞《ふさ》がらない。

「なんで……どうして」

「もともとヘデラ殿下は婚約者選びを先延ばしにしていたんだ。しかしとある令嬢と出会って、突然婚約者候補の選抜《せんばつ》を始められたのだとか」

「それって……」

「ああ。紛《まぎ》れもなくお前のことだ」

「一介の騎士の私が、殿下の婚約者など務まりません！」

「今回の一件で君の名声はかなり上がった」

「そんな……私の家は落ちぶれたも同然ですし」

「家と君自身のことは関係ないだろう。それにこれはあくまで婚約者候補に過ぎない。今後、他のご令嬢を見初《みそ》めるかもしれない」

「であれば私が候補になる意味など……」

「最近の殿下はかなり変わられた。それが君の存在によるものだということもわかっている。ようやくこの国の未来が輝かしいものになってきた、感謝する」

（やべえ、この展開、本当にゲーム通り婚約者争いが勃発《ぼっぱつ》しちまうのか？）

ダリアは愕然《がくぜん》としながら、団長室を後にするのだった。

その日の夜、ヘデラが騎士団寮《りょう》のダリアの部屋を訪れた。さすがに皇子が表立って騎士の部屋を訪れるわけにはいかない。ヘデラの従者から「夜に君の部屋に行くから窓の鍵《かぎ》を開けておいて」という伝言を預かったダリアは、これ幸いとばかりに手ぐすね引いて彼が来るのを待っていた。

ダリアとしては勝手に婚約者候補に仕立て上げられたことに怒り心頭で、夜中に男を部屋に招き入れることがどういう意味を持つかなど考える余裕もなかった。また、どうせ雅《みやび》だし、という謎《なぞ》の信頼もあった。

「いったいどういうことか説明しろやテメェ」

ダリアはヘデラがやってくるなり鬼《おに》の形相で詰め寄った。

「婚約者候補になんでウチを選んだ」

「なんでって……俺が婚約者にしたいのは君だけだから」

ダリアに凄《すご》まれても、まったく臆《おく》した様子のないヘデラは平然と答える。

「普通に考えてウチは除くだろ!? 確かにお互《たが》い支え合って頑張ろうとは言った！　けどそれはお前は皇子として、ウチは騎士としてって意味なんだよ！　騎士のテッペン目指してるウチの邪魔すんな！」

「その夢は追いかけ続けてくれて構わないよ、俺も支えるから。皇太子妃《ひ》、ゆくゆくは皇后になる君が、騎士として活躍《かつやく》するのもまた良いだろう。この国の女性に対する考え方が変わり、さらなる発展を極められる、良いこと尽《ず》くめだ」

「なーに良いように言ってんだ！　この国の母にウチがなれって？　無理に決まってんだろ！」

「君は人の上に立つのにふさわしいよ」

「前世と規模が違うんだよ規模が！　国の上に立つとか無理！　それに、候補ってことは別の令嬢とかいるんだろ、だったらウチをわざわざ候補にする意味ねぇじゃん」

「わかっていないなあ。俺は君にしか興味ないのに」

そう言いながら、それまで一定の距離を保っていたヘデラがダリアに一歩近づく。唐突《とうとつ》にダリアは、相手が雅だとわかっているのに、そわそわと落ち着かない気持ちになった。

「いやもうほんと、勘弁《かんべん》しろよ。前世からその執着体質は変わんねえのな。わかったからとりあえず婚約者候補からウチを外せ、な？」

冗談《じょうだん》にして誤魔化《ごまか》すつもりで、目の前に迫ったヘデラの肩《かた》をポンと叩《たた》く。ヘデラはすぐさまその手を取った。

「俺が素直《すなお》に応じると思う？　もう同じ轍《てつ》は踏《ふ》みたくないから……今世では権力を行使してでも側にいてもらうよ」

言いながらダリアの手の甲《てこう》にちゅっとキスを落とす。慌《あわ》ててダリアは手をひっこめるも、赤くなっていく顔は止められない。

「っ！　な、な、なんつー強引な……へデラはこれからもっともっといろんな人と出会うはずだ。そうすれば、真っ当な恋愛《れんあい》もでき」

皆まで言わせず、ヘデラはダリアの腰《こし》を引き寄せる。

「今まで見てきた人間は、汚い奴らばかりだった。君はひとつの曇《くも》りもなく、眩しいくらいに真《ま》っ直《す》ぐで綺麗な、そんな女性だったよ。俺がすべてを捧《ささ》げてもいいと思ったのは君だけだ」

（こいつ、馬鹿力か⁉　全然腕が外れねんだが……！）

逃《のが》れようともがくダリアに、ヘデラは涼《すず》しい顔のまま頬《ほお》にキスを落とした。

「おっ、まえはキス魔《ま》か！」

「久しぶりに聞いたな、その言葉。前世でも言われてた気がする」

「いや反省しろ⁉　前世でも隙《すき》あらば迫ってきやがって」

前からダリアは全力で拒否《きょひ》していたつもりだが、なぜかこの男には通用しない。いつの間にか距離を詰められ、真っ赤になってあたふたする様子を楽しんでいるのが伝わってくるのが解《げ》せず、何度も距離を置いたはずなのに、この男は不死鳥のごとくダリアの側に舞《ま》い戻ってくるのだ。

そして前世から続くダリアのウブな反応がまた、ヘデラをより一層燃えさせていることに、ダリアが気づくことはない。

「あー、もういい」

ダリアは熱くなった顔をパタパタと手で扇《あお》ぐ。折れる気配のないヘデラに、これ以上お願いしても無駄だと悟《さと》る。

（こうなったら周囲にウチは婚約者にふさわしくないと思わせるしかねえな）

婚約者候補回避《かいひ》のために作戦を練りたいところだったが、ダリアはヘデラにひとつ訊ねたいことがあった。

「なあ、ヘデラ……いや、雅。ひとつ聞いてもいいか？」

ダリアはあえてヘデラを前世の名で呼び、真剣《しんけん》な表情で尋ねた。ヘデラは目を見開いたが、すぐ嬉しそうに微笑んで、ダリアの前世の名を口にした。

「香織《かおり》、どうしたの？」

「ウチって、事故で死んだんじゃねえだろ？」

断片的《だんぺんてき》に最期《さいご》の日を思い出す中で、ダリアは今世の裏切りというものに過剰《かじょう》に反応していた。そうして脳裏《のうり》に浮かぶひとりの少女の正体を思い出したのだ。

「唯一無二《ゆいいつむに》の相棒だと思っていたやつに裏切られた……ウチは敵チームに奇襲《きしゅう》をかけられ、その抗争中《こうそうちゅう》に死んだ。そうだろ？」

一番信頼していた人間からの裏切りは、今なお思い出すだけでダリアの胸を締《し》め付ける。

「思い出したんだね。そうだよ。俺が駆け付けた時にはもう……」

ヘデラは悔しそうにしたが、ダリアには珍《めずら》しく映る。

（雅のこんな顔、初めて見たな）

それほど大切に思ってくれていたのかと、少し意外だった。

「あー！　裏切りを止められなかった自分がすげえムカつく！　それを決断させるような何かがあいつにあったのに、ウチは気づけなかったんだ……総長失格だよな」

「仕方ないよ。君は疎《うと》いから」

「追い打ちをかけること言うなよ！　こう見えて仲間のことよく見てたはず、なんだけどなあ……」

ダリアは語尾《ごび》が弱くなり、自信がなくなっていく。

「君が仲間想いなのは認めるけれど、恋愛面に対してはポンコツだからね」

「……なんでここで恋愛の話が出てくんだ？　関係ねえだろ」

「関係あるよ。その裏切った彼女、俺のことが好きだったんだって。言い寄られたけど突っぱねたから、怒《おこ》ったみたいだ。嫉妬って厄介《やっかい》だね。信頼関係が一瞬にして崩れるんだから」

「はあ!?　あいつ、雅に惚れてたのか！　だったら相談なりしてくれたら良かったのに」

「これだから香織は鈍《にぶ》いって言うんだよ。君に相談なんかできるわけないだろう？　俺が言ったんだよ。香織以外には興味ないって。俺は君一筋だから」

　ダリアは雷《かみなり》に打たれたような衝撃《しょうげき》が走る。裏切りのきっかけはお前か！　と心の中で突っ込んだ。

「まさか君と敵対している暴走族の総長に取り入って奇襲をかけるなんて……あと少し早く気づけていたら、君は」

「いやいや、それ以前にお前の言動に難ありだろ⁉　普通は友達から始めるとかさ」

「どうして君以外の女とわざわざ交流しないといけないの？」

　全く反省している様子がないヘデラを前に、ダリアは呆れて何も言えなくなる。

「お前のせいでウチのチームは崩れたのかよ……マジで許せねえ。っんとに一瞬だけでいいから香織に生き返らせてほしい」

「生き返ってどうするの？」

「そりゃ、裏切ったやつを一発殴って、男を見る目がなさすぎんだろって怒鳴《どな》りつけてやるんだ」

「それだけでいいの？　なんというか……君らしいね。奇襲をかけてきたチームとか君を殺した人間には？」

「死んだのは確かに悔しいけど……今更なんとも思わねえな」

あっけらかんと答えるダリアに、ヘデラは目を見張る。信じていた仲間に裏切られたはずなのに、一発殴るだけでいいと言ってのけるダリアは、ヘデラには眩しすぎた。

「あーあ、せっかく君の仇《かたき》をとったのに。無駄になっちゃったね」

「仇って、何したんだ？」

ダリアの問いに、ヘデラはにこっと微笑む。

「君は知らなくていいよ。なんの面白《おもしろ》みもない話だから」

「いや逆に気になんだろ！」

しかしヘデラに言葉を濁《にご》され、これ以上答えてくれそうにもない。

「ひとつ言えるのは……何をしたって君が生き返るわけではなかったから、結局はむなしくなるだけだったよ」

「そんな、ウチがいなくなったぐらいで……お前を慕う仲間もたくさんいただろ」

「さあ、あまり覚えてないな」

「お前な……」

「過去のことはもうどうでもいいよ。大切なのは君との未来だからね。今世では必ず君を守るよ」

ヘデラの手がダリアの頬を包むように触《ふ》れる。

「絶対に離さない、ひとりにさせない。俺たちの邪魔をする者は徹底的《てっていてき》に排除《はいじょ》するよ。どんな手を使っても、ね」

熱っぽい瞳の奥には昏《くら》い感情が宿っていて、ダリアはゾッとした。

「だから早く俺と一緒になろう？」

「結局さっきの話に持ってくのかよ！　誰がなるかっ！　ウチは騎士道を突き進むんだ！」

ダリアは知らない。

ヘデラ——雅は、香織がやり込むほど大好きだった乙女《おとめ》ゲームだからこそ、こっそり自分もプレイし、この世界のすべてのキャラのルートを把握《はあく》していることを。

この世界に転生したと気づいた際、もしかしたら香織も転生しているのではないかと片《かた》っ端《ぱし》から令嬢たちに会いに行き、捜し続けたことを。

そして香織がこの世界にいないとわかって絶望し、本気で国を投げ出してもいいと思っていたことを。

だからこそ、今度はどんな手を使っても、ダリアを手中に収めると心に決めていた。

ダリアは己の夢をつかみ取るまで折れるつもりなどないだろうが、それはヘデラも同じこと。

ふたりの攻防戦《こうぼうせん》にも近い関係は、まだ始まったばかり。

END

あとがき

はじめまして、群青《ぐんじょう》みどりと申します。この度《たび》は『前世《ぜんせ》不良《ふりょう》の悪役令嬢《あくやくれいじょう》、乙女《おとめ》ゲームをぶち壊《こわ》す。』をお手に取っていただき、ありがとうございます！

本作のヒーローであるヘデラは、愛が重いキャラクターですが、実はこれでも抑《おさ》えた方です。本当はもっと闇《やみ》が深く、色々とやばいです。

普段《ふだん》から自作のヒーローは愛が重くなりがちなのですが、ダリアのように強いヒロインとの組み合わせは新鮮《しんせん》でした。本作を執筆《しっぴつ》していてとても楽しかったです！

最後になりましたが、たくさんアドバイスしてくださった担当様、超絶美麗《ちょうぜつびれい》なイラストでキャラクターに命を吹《ふ》き込んでくださったわいあっと先生をはじめ、本作に携《たずさ》わってくださった全ての方々に御礼《おんれい》申し上げます。

群青みどり

本書は、魔法《まほう》の i らんどに掲載《けいさい》された同名タイトルを加筆修正したものです。

■ご意見、ご感想をお寄せください。
《ファンレターの宛先》
〒102-8177 東京都千代田区富士見2-13-3
株式会社KADOKAWA ビーズログ文庫編集部
群青みどり 先生・わいあっと 先生

ビーズログ文庫

●お問い合わせ
https://www.kadokawa.co.jp/（「お問い合わせ」へお進みください）
※内容によっては、お答えできない場合があります。
※サポートは日本国内のみとさせていただきます。
※Japanese text only

前世《ぜんせ》不良《ふりょう》の悪役《あくやく》令嬢《れいじょう》、乙女《おとめ》ゲームをぶち壊《こわ》す。

群青《ぐんじょう》みどり

2023年9月15日 初版発行

発行者　山下直久
発行　株式会社 KADOKAWA
〒102-8177 東京都千代田区富士見 2-13-3
（ナビダイヤル） 0570-002-301
デザイン　Catany design
印刷所　凸版印刷株式会社
製本所　凸版印刷株式会社

ISBN978-4-04-737658-8 C0193

定価はカバーに表示してあります。
◇◇◇